L'Atelier noir
Annie Ernaux

# 黑色工作室

著

[法] 安妮·埃尔诺

译

黄荭

上海人民出版社

**作者简介：**

安妮·埃尔诺出生于法国利勒博纳，在诺曼底的伊沃托度过青年时代。持有现代文学国家教师资格证，曾在安纳西、蓬图瓦兹和国家远程教育中心教书。她住在瓦兹谷地区的塞尔吉。2022年获诺贝尔文学奖。

**译者简介：**

黄荭，南京大学法语系教授、博士生导师，南京大学当代外国文学与文化研究中心副主任，广东外语外贸大学云山讲座教授。主要研究领域为法国当代文学、中法比较文学。主要译著有：《外面的世界Ⅱ》《小王子》《花事》《然而》《我走不出我的黑夜》《多拉·布吕代》等。

## "安妮·埃尔诺作品集"
## 中文版序言

当我二十岁开始写作时,我认为文学的目的是改变现实的样貌,剥离其物质层面的东西,无论如何都不应该写人们所经历过的事情。比如,那时我认为我的家庭环境和我父母作为咖啡杂货店店主的职业,以及我所居住的平民街区的生活,都是"低于文学"的。同样,与我的身体和我作为一个女孩的经历(两年前遭受的一次性暴力)有关的一切,在我看来,如果没有得到升华,它们是不能进入文学的。然而,用我的第一部作品作为尝试,我失败了,它被出版商拒绝。有时我会想:幸好是这样。因为十年后,我对文学的看法已经不一样了。这是因为在此期间,我撞击到了现实。地下堕胎的现实,我负责家务、照顾两个孩子和从事一份教师工作的婚姻生活的现实,学识使我与之疏远的父亲的突然死亡的现实。我发觉，写作对我来说只能是这样：通过我所经历的，或者我在周遭世界所生活的和观察到的，把现实揭露出来。第一人称，"我"，自然而然地作为一种工具出现，它能够锻造记忆，捕捉和展现我们生活中难以察觉的东西。这个冒着风险说出一切的"我"，除了理解和分享之外，没有其他的顾虑。

我所写的书都是这种愿望的结果——把个体和私密的东西转化为一种可知可感的实体，可以让他人理解。这些书以不同的形式潜入身体、爱的激情、社会的羞耻、疾病、亲人的死亡这些共同经验中。与此同时，它们寻求改变社会和文化上的等级差异，质疑男性目光对世界的统治。通过这种方式，它们有助于实现我自己对文学的期许：带来更多的认知和更多的自由。

安妮·埃尔诺

2023 年 2 月

## 2022 年版序言

就在这本创作日记要收入"想象"丛书再版之际，我重读了它。感受很煎熬，近乎惶恐，面对这一页页纸张，它们见证了我几乎所有的书的艰难酝酿，在黑暗中摸索，被犹豫和怀疑侵扰，直到不再有任何问题的那一刻，不再有任何回头的可能，只剩下把文本写完。但重读也让我发现，我刚出版的《一个女孩的记忆》的创作计划很久以前就有了，常常与其他计划交织在一起，仿佛我无法单独去写它，正面直视它。最明显的证明，就是计划**一而再再而三地被搁置**，就像我在书中写的，它成了不可能的文本、被禁止的文本。在日记中，我称它为"58"，有时是"1958"，我十八岁作为辅导员参加塞市（Sées）夏令营的那一年。还有"鲁昂"，1958 年 10 月开学，我新注册到圣女贞德高中就读，住在一个由修女管理的少女之家。

1982 年 3 月 1 日，创作计划被初次提及：18 岁的岁月，是与世界一次又一次的割裂，是三月的风，是要通过的会考，是初涉人世。鲁昂。再后来，它和羞耻感联系在一起：58 年的羞耻紧随 52 年的羞耻而来。1999 年，我在日记中写道：58 年让我苦恼。我提到我给 58 年的那个男人打过一通电话，但今天我不知道自己是否真的拨了那个电话号码，还是电话的另一头无人接听。我也想过要做一个调查，寻找当年的见证人。2002 年夏，就在我下定决心写《悠悠岁月》的前夕，我提到了当时刚刚狂热地写下的几页关于塞市夏令营头几天的故事，并且清醒地对这一写作素材作出判断：我不写，我要把这个当时并不想写的计划放到一边。当《悠悠岁月》写到 1958 年阿尔及尔系列事件和戴高乐将军重返政坛的时候，我又产生了写它的念头：不管怎样，写一点 58 年的经历？（奇怪的是，我在书中写到了 58—59 年，参加会考的那个夏天）。我将用另一种方式实现心愿：我将用一种非个人的、集体的方式去写我和 H. 的那个真实之夜。

2011 年，我在序言中写道："在日记中出现的有些写作计划并没有被［写出来］，也许永远不会。"我想到了"58"。我还明确指出：在《悠悠岁月》写完后，在日记中不会看到还有正在写作的素材，在被出版的书合法化、"赎回"之前，我不会同意将这些公之于众。《一个女孩的记忆》于 2016 年问世，我再没有任何理由继续隐藏这些展示它创作过程的文字。这样一来，对 2011 年版的读者而言一些不明就里的影射、词句就被照亮了。

和往常一样，《一个女孩的记忆》的创作日记也是手稿，写在已经印过的纸张的背面。日期是从 2008 年 7 月到 2015 年 3 月，中间因为其他文本的写作有过几次长时间的中断，那些文本不需要考虑形式，而文学需要琢磨的总是形式问题。《另一个女儿》[1] 的书信体，部分是因为一套丛书提出的文学挑战，它激发了一个到那时仍是禁忌的主题的出现，在我出生前有过一个夭折的姐姐。《看那些灯光，亲爱的》采用了日记体，符合我捕捉当下日常集体生活的习惯。也和往常一样，生活和意外阻碍了我的写作进程，让我改变了计划。

　　和之前大多数的文本写作一样，我也面临选择何种人称写作的两难境地，**我**还是**她**，文学至关重要的问题。一切发生就好像，在《悠悠岁月》中消除了**我**之后，我再也不能单独使用**我**去讲述过去的我，而只能用**你**、**她**、**我们**去变通。因为，《悠悠岁月》的写作风格对我依然还有影响，它的无人称的用法和写作的广度，而"58"围绕最私密的部分展开，也就是性。但和之前的情况很不一样的是，我只剩下这个写作计划，或者不如说"58"已经不能一拖再拖了，只要它没有被写出来，在某种程度上就是失败，就是我一辈子站在它面前都没有推开的那扇门。不过，我经常逃避这种紧迫感，任记忆蔓延，记录一些让我远离写作问题的记忆，让阅读这本日记变得不像读之前那本[*]一样干巴巴，一样都是写作技巧。事实上，这消除了创作日记和私人日记的界限。因此我在开头花了很长篇幅写芭芭拉·洛登[2]的电影《旺达》(Wanda)，十八年前看的，我买了DVD再次观看。时事沸沸扬扬，因为某些事件和1958年发生在我身上的事情产生了共鸣——一件是多米尼克·斯特劳斯-卡恩[3]深陷其中的事件，另一件是更早发生的，事关罗曼·波兰斯基[4]——重新激发了我创作的欲望。我寻找、收集那些将我与所有身体被作为捕猎对象、经历过羞耻和屈辱的女性联系在一起的线索。在这一过程中，自然还有让经验超越个体的愿望。

另一个新意是互联网在文本酝酿中占据的位置。谷歌是一个取之不尽的宝库，无论是什么发生过的真实的痕迹，它都应有尽有。找到一些名字、地点的照片，再次听到被遗忘的歌曲时，会有一种奇怪的兴奋。

---

[*] 这导致我在新版中删除了一些过于重复的问题。

一种带着忧郁和可疑的快乐分散了我的精力，让我无法只专注于文字工作。

当我纵观这本日记时，我对四十年来思虑过、萦绕过、修改过、很少被舍弃的少量文本感到震惊。在我看来，它们汇聚在一起，在我不知不觉中，勾勒出我另一种人生的雏形，就像一幅线条错乱、难以辨认的抽象的画布。每一本书都是走向光明的尝试（虚妄）。

## 2011 年版序言

我越来越有一种印象：无法偏离我已经踏上的写作道路，而且，我并不十分清楚它是什么，也不清楚它去往何方。因此，当编辑玛丽-克洛德·夏尔（Marie-Claude Char）和米歇尔·加齐耶（Michèle Gazier）建议我"往边上岔开一步"时，我惊呆了：我感觉自己真是办不到。之后我思考有什么可以被视为"边上"，甚至是我已经出版的文本的"另一面"，即自从近三十年前当我开始痴迷写作后，被我称作"创作日记"的东西。但那些怀疑、犹豫、徒劳的探索，放弃的线索，像鼹鼠一样无休无止地盲目地挖着地道，我敢把所有这些写书的前奏都公开吗？我犹豫了。我接受了冒险。

1981—1982 年冬，我发现自己处在一段惶惑的时期。我放弃了那本关于我父亲的百来页的手稿，一本几年前开始写的小说。我在几个创作计划之间犹豫不决，但写了几页后都放弃了。有那么一刹那，我做了一件自己以前从没做过的事情，拿起一张纸，写下日期，记录我的犹疑、我的意图。直到现在，我都没有把我的写作与它引我思考的问题分开，而这种探究在手稿中几乎没有留下痕迹。在我看来，当我的写作陷入困境时，这一行为给写作本身增添了一种平行的考量，我希望退开一步，利用放在边上的这一页纸（同样，私人日记也是退开一步看生活）让自己摆脱困境。不知不觉中，这成了一种习惯。

岁月如梭，纸张越堆越多，到今天差不多有200页了。活页纸，A4大小，正面是已经用过的，这是一种习惯，与其说是从小就不好意思浪费纸张，不如说是出于一种需要，写在一张已经用过的、普通的纸的背面可以抹杀所有庄严的意味，让我自己安心：信的草稿、账单、广告传单。整体看来像天书，纸上的句子杂乱无章，还有方框和箭头，涂涂改改，相反很少有字词被划掉，我在这里所关注的不是要写得好，而是要收集写作所有可能的维度。

　　这确实是一本日记，每一篇开头都标注了日期。记下写作的准确时间，这是我从一开始就采用的方法，我想，让这本日记继续下去的意义重大，因为这很快就让它像一本私人日记，成了一个独立自主的文本。记下日期，是让自己有办法去估算撰写一个文本所需的时间，给自己一些参照，可以把一个阶段的写作与另一个阶段的写作相比较，以其中一个作为基准，以免自己陷入绝望。但这本日记谈不上是真正的"写作"。上面既没有草稿、观察记录，也没有突然冒出来的句子，没有任何与正在写的那本书相关的素材。所有这些还在其他地方，在其他一些档案里。这是创作前的日记，还在摸索的日记，在创作之初会陪伴我一段时间，而我一旦确信自己可以把正在写的文本写完，我立刻就会放弃创作日记，从那以后，甚至连回望、后悔、犹豫都是不可想象的。因此会有几个月，甚至几年的空白，和我"真正"写作的阶段相契合。或者根本不是这样，只是因为生活占据了我更多的时间和精力。

这本日记也越来越成为一本审读日记，我在里面检查、判断一个文本的草稿，对它们进行评论，然后重新开始审读，之后再评论，有一天觉得自己前一天还觉得"不错"的东西"一无是处"，于是甚至去重读之前所有的审读意见。因此，当我把这些纸张上的内容输入电脑时，我有一种在黑暗中兜圈子寻找出路、四处摸索、制定创作计划却无以为继的痛苦煎熬，仿佛一级级梯子都架在虚空中。我问自己：与其把时间花在左右权衡上，是不是还不如坚定不移地将某个写书的计划进行到底？**真正地去写？**因为写这本日记就像要了一个小聪明，是一种拖延写书的策略，在它滑向噩梦之前，那是遐想不同假设的快乐，一种纸上谈兵的欣悦。

但我知道自己无法跳过这个探索阶段，不管它持续多久。我需要发现自己想写什么，了解我的必需，经常是**最危险的必需**，让我几个月投入一个文本的需求，一直和它在一起，不惜任何代价，直到写完。我暗暗期待这本日记可以照亮我内心的这种需求，我惊愕地发现，在不知不觉中，它总会把我带到那里，所需时间或长或短，带我到我要写作的内容，最终同意动手去写。二者不可分割，我需要思考文本的总体结构、广度、可以让我实现这一愿望的叙事手法，尽管**我很清楚写出来的东西并不会像计划的那样**。但事后我发现，我发表的那些文本都遵循了这本日记所偏爱的选择和宗旨，我有理由相信，这一探索阶段远非毫无用处，它决定了日后成书的形式。仿佛我在日记中积累了在日后创作中可以汲取的经验和素材。比如我惊讶地注意到，照片的描写、"我们"和泛指人称代词"on"[5]的使用、**空自传**（autobiographie vide）的宗旨、节日大餐，所有这些早在写作《悠悠岁月》之前就已经出现在日记里。

或许，在这种执着的探索——或者说过度的谨慎——背后，是因为我坚信，用福楼拜的话说，"每部作品都蕴藏着自身有待发现的形式"，对我的主题而言只存在一种形式**可以去思考未曾思考之事**，有一次我记下了这句话。还有另一次，我记下这是唯一**符合创作计划真相的视角**。甚至，正如我的很多开篇所证明的那样，可以进入这个主题的只有一扇门，就像卡夫卡《审判》中的那道法律之门。

我不排除另一种解释。这本日记难道不是反映了最古老的自我和文学范式所施加的种种限制之间的斗争，带着它那大众的、主流的惯习？因为它诞生于我想要用一种不背叛我祖辈的文学形式去记录现实和世界观时产生的困惑。对叛逃者或流亡者而言，无论是在社会生活中还是在写作中，没有什么是不言而喻的。或许他比其他任何作家都更能感受到事物命名的脆弱性和任意性，比任何其他作家都更能感受到他处在巴特所说的**语言帝国主义**的中心。

错综复杂的创作计划，采用又搁置，之后又重新拾起，而且很多都花了蛮长时间才完成，最终在经历了很多变形之后用了别的书名，对这一切读者会感到震惊——感到迷失？比如关于"新城"的小说计划变成了《外部日记》。我们也会看到《简单的激情》在日记中被称为《激情 S.》，S 是俄国人塞尔盖（Sergueï）的名字的首字母，很长时间我都打算把它作为二十年后《悠悠岁月》的开篇。同样，《羞耻》（也就是日记中的"52"），1990 年动念，1996 年写作，而《事件》（"A63"，即"1963 年堕胎"的简称）有段时间是想并入《简单的激情》之后是《悠悠岁月》的写作计划里的，后来才成了独立的文本。尤其是日记中也会出现《悠悠岁月》的酝酿过程，1983 年就开始计划，**这将是某种女人的命运**，先后被冠名为"RT"（全小说）、"历史""过往""世代""世上的日子"，而我真正开始写作是在 2002 年。而且幸亏有了这本日记，作为一份真正的资料，我才能在《悠悠岁月》的字里行间准确地再现写作计划的诞生和演变。

另一些书，是生活中的意外所致，它们的酝酿过程没有在日记中提及，比如《占据》《相片之用》。还有一些书，在日记中有写作计划，但并没有落实，可能永远都不会实现。我经常会有这样的想法，我的下一本书以及它的形式已经出现在这本日记里了，只是我没能看出来，因此我注定还要久久地徘徊，一遍遍重复我琢磨犹豫的过程。

当然，重复同样的问题最终会让读者感到厌烦，因此我删除了1993年到2001年期间大约十几页文字，也是最重复的部分。2007年以后写的也不在里面。就像我不能把没写完的手稿给别人看一样，我也不能把正在创作的计划公之于众。我相信只要让它戛然而止就好。相反，在这本日记中发表几个正在创作的文本或许可以展现在混乱中的摸索，准备期间内心的煎熬，仿佛所有暗地里的努力，缺乏我们赋予文学创作的伟大，在我们身外，书真正存在的那一刻，才得到救赎，才有了价值。

然而，把这些被视为私密的日记内容公开，在我看来，以这种方式展示自己和写作"肉搏"的痕迹是危险的，甚至是不谨慎的。不是因为日记中提到了出现在我生活中的人物、地点和事件——而且是用一种省略的方式，对读者而言是晦暗不明的——，而是因为我完全暴露了自己的创作过程，我的执念。直接袒露自己的愿望和野心：让多一点真相浮出水面。

见证写作如何在孤独中日复一日地进行，这也是出版这本日记的初衷。

2011 年 5 月 30 日

备注：文中方括号里的内容是作者为便于阅读理解事后添加的。

→ _Pourquoi_ j'ai le désir d'écrire là-dessus, depuis quand, ²⁵/ et aujourd'hui ?

→ Ce que j'écris en 2002, retrouver ma cité d. 18 ans, est-ce valable pour ce texte ? — qqch de Jeffus, qui's'ment relu, 'roti seulement.

→ Que ne l'ai dit à personne vraiment. Des allusions. Mais ceux-ci, pas suffisant pour l'écrire.

→ Parce que j'ai eu _honte_? (m'expliquer que _S2_), oui-écrire est transformer la honte.

→ Parce que ces deux années sont été une parenthèse où se décide ma vie. (l'écriture ai-je toujours pensé, "induc-tible" instinctive, etc /pas suffisant/

→ Parce que ça a à voir avec l'histoire des filles, la vision des femmes avec Huque l'actualité offre. (Polanski - D.S.K.- ma colère) → _Beaucoup_. (en 76, de ce qu'il disait /se réveille comme une vieille ou rien déjà cette en entendant Mme Bgou/). raison).

→ Comprendre plus que sauver, à coup sûr.

→ Par dessus tout cela, qqchose d'autre à définir : est-ce que ça touche le _temps_ ? le témoin, les êtres disparus, "coporir l'état". la _quête_ - (aspect nouveau qui n'était pas leur mes intentions en 62 et en 76, pas du tout même, mais déjà en 1994, ⁰ᵘ ⁹³ ? qd j'écris de ma le Min.it.l.l.a r'd. C.G.) - le côté "Au-tant en emporte le vent"₎

# 目　录

# 1982 年

**2 月 16 日**

昨天对"内容"不确定，只有一些散乱的意象。今天，是现实和想象的问题：我厌恶格拉克[6]或多泰尔[7]式的故事，没有什么故事比《人们永远无法抵达的地方》(*Le pays où l'on n'arrive jamais*)更让我感到离我太遥远，几乎无法理解，虚无缥缈。我不想让人幻想、逃避。我想让他们感受现实的厚重和它丰富的意义，感受现实中的人、他们的行为、言语。这一点是肯定的，确信无疑的。这并不妨碍遐想。新城，被生活碾压，人类新的境遇。

如何将这些方向

— 与新城联系起来的问题：

* 少男少女的故事（就像 1958 年在鲁昂游荡的我）

* 几个人一样的命运，彼此却无交集

* 有孩子的年轻夫妇，最好用"我们"（nous）或"泛指人称代词"（on）。

— 安纳西 + 博纳维尔：

* 更像是一个回忆之城，是回归、重返，寻找迷失的自我

* 或是夫妻生活：社会阶层隔阂之城

　　　　　　我曾经任教的小城

* 和伊沃托可能的联系

**3 月 1 日**

仍旧很散：

18 岁的岁月，是与世界一次又一次的割裂，是三月的风，是要通过的会考，是初涉人世。鲁昂

奇幻新城

分析性的回顾叙事，回到 Y 城[8]。

新城是自我的消解，寻求所有后果，"不再认识自己"。身体，非常重要，蓬图瓦兹患有精神分裂症的老师［我］，在奥斯尼（Osny）住宅区的生活方式必需循规蹈矩—冷漠和暴力—体育场—那些巨大空旷的空间，是对狭小公寓的补偿。

抑或回到过去，旧城。不过二者皆有可能。

"我"还是泛指人称代词"on"？某个患暴食症的"我"，周遭的城市。

城市的叠加，唯一的联系是"我"，这很困难，我想。怎么知道这是同一个人呢？

**3 月 4 日**

感觉我总把问题归咎于"情结"、家庭等原因，是因为缺乏勇气，缺乏安全感。但一旦朝这个方向去写，我就会感到厌烦。唯一能够避免这种陷阱的是用一种不同的技巧，混合不同的音调、时代和观点。如果梦能为白天思考的问题提供解决方案，就像安德烈·布勒东所说，对此我深信不疑：我梦到克洛德·迪内通[9]给我寄了他的回忆录第二卷。但我认为他的写法不好，他可笑的抒情在我看来很假。因此，这提示我在"记忆"方面要另辟蹊径。

昨天，我想我会有时间写两本书。

**3月8日**

决定同时开始两本书，之后再看情况

1. 我是否可以同时继续两本书的创作

2. 我是否先暂时放弃其中一本

一本围绕 Y 城展开，有距离感，鸿篇巨制，雄心勃勃。另一本围绕新城展开（不要太长）。

**3月29日，布瓦吉博**[10]

剩下两个方案，其他方案已被淘汰：新城（有 4

种可能性）和 Y 城（有 2 种可能性）。我的问题是，我不能同时开始两本书，甚至不能同时进行两项研究工作。我应该先开始写第一本。此外，若我考虑只写第二本或第一本，这改变了我对新城的选择。如果我写 Y 城（无论以何种方式），我就不能用"我"来写塞尔吉。唯一的中间道路是用"我们""他们"，泛指人称代词"on"，甚至"匿名的"芸芸众生来写塞尔吉。

**3 月 30 日**

有了写 Y 城的新思路，但我总害怕自己会累，会厌烦，哪怕是变换技巧。其次，这对我来讲也"过时"了，投入对当下的写作也不错。

另一方面，会有一些我还没有解决的结构问题。

**3 月 31 日**

说白了，就是这样，如果我开始写 Y 城，我担心自己会有不得不写下去的执念。而且如果写得不好，我也不能立刻就意识到，因为我已当局者迷了。

若把二者放在一起写，差不多就是这样：一部分写 VN[11]，苦闷，然后旅行去 Y 城，类似去看望父亲的旅行。不特别强调 VN，而是中产阶级、局限的一面，但不管怎样，这和 VN 都不会有太多关联，Y 城才尤为重要。因此不太可能合而为一。

在我看来，最好的办法是两本书都写，一本一本来，尽快开始写 Y 城，看看它是否以这种或那种方式，贴合"真实"或"虚构"。

**4 月 7 日**

与"一种民族志元素"[《位置》[12]] 相比，我想到更多的是"探望"，而不是我父亲的去世。而且我也不太确定是否要描写"大量"栩栩如生的细节和人物。

**4月8日**

今天，我思考了"民族志"的概念，在我看来，这既是一种看待事物的客观方法，也是一种分析方法。同时也是研究异化和深入探索距离的要素。

技巧方面的思考：

距离，区别→用外部、客观的眼光来看，它存在于他们〔我父母〕和我的行为、言语中（至少，单纯在电影和戏剧方面）。

对于我，即叙述者而言→和他们之间的距离像是一种弥散性、辐射性的痛苦，超越了造成这种痛苦的对象，追溯到童年时代，也正因为这个，让我产生了质疑。水的涟漪是最明显的意象。这是一种说不清、道不明的不适，没有记忆，只有判断：贫穷、丑陋、自卑、被排挤，等等。而痛苦，一直存在。

这些反应意味着什么是后来才显现的，没过很久，顶多就在他〔我父亲〕去世一个月后，以至于我们可以认为它们几乎是同时发生的。

我可以指出这些时间上的差距，或随后出现的意义游戏。（说到底，这是一个写作的**真诚**问题。）

动词的时态，现在时，复合过去时。

举一个具体的例子（一个非常强烈、意味深长的时刻，让我很郁闷）：

我送她［我母亲］一个乳白玻璃花瓶，她露出一个奇怪的笑容，等等。

我感到羞辱：

1. 她并不欣赏我的礼物

2. 我把她想象成另一个母亲了

3. 她还是老样子

她和我之间的差异变得真实。她没有变，她。她确实是，而且一直是那个对乳白玻璃花瓶不屑一顾的人。如果我把这个花瓶送给别人，同样因为"缺乏品位"而不受待见，我的感受会不一样，母亲的反应让我并不想笑，而是想哭，就像我小时候，当她做了某件不得体的事或是不理解我的理由时一样：我的愤怒和眼泪。[事实上，当时的反应和我小时候的反应一模一样，只是在事后我才对自己说，是我送错了礼物。]所以，这又回到源头，童年，但不同的是，小时候我不会去评判我的母亲。

她、他们、我之间的距离，就是我的过去、我的童年和现在的距离。只有通过他们，我才能真正重新体会这种距离。

**4 月 12 日**

我越来越多地思考"探访"的故事，想着我是否拥有足够的素材开始写作，或许我该深入挖掘，建立各种交错的**线索**。

我决定写"探访"，但不是用回顾的语气，接着我可能会谈论父亲的死亡。很多时态，等等。

**4 月 19 日**

今天，再次"驯服"写作。不疾不徐，不慌不忙。斟酌每个句子，等待"意象"的来临。既然我已经开始写作，我不再需要通过阅读文章或书籍来鼓励自己，恰恰相反。我沉浸在只属于我的故事里。感觉写作步入正轨，即使某些表达方式可以再做调整。

**4 月 22 日**

在普鲁斯特的比喻中，我感受到了美与灵光，但我自问这对我的写作是否必要：对我来说，传达一种感受、一道风景并非不可或缺。唯一重要的，是一个气味、一道风景能让人想起往昔，哪怕二者很不一样，当我们**经历的时候**，很难意识到它们的可比性。只有在事后我们有时候才能建立起二者之间的联系。简言之，对比是一种**特殊的**思维模式，除非刻意为之。

**4 月 26 日**

一切都很困难，我不知道此刻我所写的东西和我的真实处境让我感到的恐惧之间有什么联系。也许，我所写的并不"精准",也并不好。一个残酷的比较：我们为写一本可能不被看好、实际上可能确实不好的书受的苦并不比为写一本杰作受的苦少。同样，我为一个男人受的苦，他已经充分证明，他绝对**不值得**我付出。

**5 月 15 日**

试图从 1967 年在莫特维尔（Motteville）给我留下的记忆开始，然后闪回到坐火车旅行。但这根本行不通。于是，暂时继续使用复合过去时。但问题是要知道这种风格是否**适合**我。

**8 月 19 日**

显然，有 3 种可能的写法：

1. 父亲之死，反思，回忆

2. 探访，"客观的"，距离

→当前的还是过去的旅行？

3. 探访＋回忆，人物

**8 月 20 日**

想写两本书，塞尔吉和另一本，即使这意味着要放弃其中一本。

今天早上思考［塞尔吉］我发现非常有趣，但这也得花些心思。这里也有两种可能的写法：

**想象**

**真实的描写**

既然我生活在这个环境中，我每天都会有话要说，因此要加以补充，哪怕是以一种很自由的形式，随笔的形式？

**8 月 24 日**

下意识地，我应该先把"探访"的故事写出来。

［《位置》于 1983 年 6 月完稿］

# 1983 年

## 10 月 3 日

讲故事（我想到了 C. 里霍伊特[13]），是小菜一碟。只有架构才能赋予我将要写的东西以意义。《位置》中最好的段落就是那些断裂的、突兀的部分，**断片**确实重要。

总结一下

→新城，但不是以第一人称叙事的形式，因为那样会戛然而止。第三人称叙事（写的时候再看看各种可能性）

→威尼斯：不过最好是嵌入一部宏大的小说中？

某种写女人命运的小说，但写法要再看看。不像莫泊桑的《一生》。拥挤的人群、成堆的人物（养老

院，重逢雷蒙德大妈 *）。融入我所爱的，尤其是这 15
年间的所爱，"当初你总说，你总说……" 14

→ "探访"的故事我不太确信，不想再写，和我
已经写过的作品［《位置》］太像了。


**10 月 4 日**

使用泛指人称代词"on"来写新城，几乎没有故
事情节？这很难。

抒情与枯冷的笔调交替？

我还没有<u>真正想好</u>该如何谈论 VN：以精神分裂
者的方式（远距离描写，但如何做到？——极度的
疏离？）

一本描写个体命运的小说可以是讲述人类整体命
运的契机。

---

\* 雷蒙德大妈（mère Raymonde）是我小时候住的街区的一个邻居，她生
  活困苦，1983 年我在伊沃托的养老院又见到她，和我母亲住在同一个房
  间。——作者补注

"探访"主要是谈论城市，类似游记，但我并不认为之后会有兴趣。

→要写一本菲利普·罗斯[15]式的自传，有一些很长的场景，但那究竟是为了什么呢？

我意识到，我不想再去做心理分析，或者说不想再去解释，许多行为、动作、直接的想法。当务之急是好好想想如何构思VN。

## 10月6日

创作"城市之歌"。

选择"最困难的"，就意味着选VN。但或许我应该选择让我觉得最有动力的东西？

"探访"，也未必会被排除在外。

## 10月8日

我得认真考虑所有可能性。我的所有记忆都和这座城市、这些地方有关：

鲁昂，一度青春

安纳西，"艰难"岁月

### 10 月 9 日

写**两地**，至少从两个小说开始写（这样就能看出我的偏好）。

大量使用"断片"的结构，充满断裂感，就像我喜欢的《娜嘉》一样。

一个人物，通过他者的目光，这个写法很诱人。

VN，或许，用不同的视角。

### 10 月 18 日

想到家庭暴力的场景，但自传式、线形，甚至暴力的叙述对我来说已毫无吸引力。我非常热衷于新的结构。其中有一种可能，在整篇小说中将我童年的场景和菲利普的场景联系起来，不加解释。就像我暴露了自己童年的嫉妒和作为妻子的嫉

妒一样。从小就对狼人之夜的嫉妒。用一部全小说
去写？

**10 月 19 日**

重读去年的草稿（若是十年前，这会让我感觉是
"时间尽头"）

→ 虐恋只能放在别处写——这是在与菲利普分
手所受的打击下写的。

→ "客观"小说还不够完善，我对作者的干预、
展示主观随意性等并不确定。

→ 只有"探访"的开头和我想写的东西相契合，
描写某种"行为"、冷漠。

但是在这一切中，VN 呢？我知道再造起源之
"城"，和全小说（她）比起来，我会不自觉地更倾向
于"我"（和探访）。

VN 只在开头一闪而过，随后就回到起源之城。

**10 月 24 日**

如果我从塞尔吉出发，那我之后能讲述些什么？
现在就着手写岂不是更好？例如：失去的机会——我
在蓬图瓦兹教初中四年级的经历。

**10 月 25 日**

关于 VN，总会浮现出：

* 一对夫妻的故事，穿插着描写新的男人、自
  私，等等，还有一些更抽象的段落：一个**背德
  故事**，里面的人物都很热情。

* 逐日记录一个分手故事，或者用闪回的方
  式——某种对过去的回顾，但又有所不同，也
  许是对不可能的故事的探索。

* 类似"城市之歌"的东西，以匿名的声音和断
  片的形式呈现。

我还不知道自己是想现在就做决定，还是等到
10 月底到了布瓦吉博再从三种可能性中选一个。我

还没有茅塞顿开，让我不可抗拒地倾向某个选题或另一个。两个都写，一直以来这对我来说都太多了。但去年的某个时候，我并没有犹疑。

**10 月 29 日，星期六**

分手，以新城为背景

RT［全小说］

探访（更丰富？）

罗马，等等。真爱。追求自由的努力，始终如一。被冻住的城市［安纳西］和罗马的记忆。

只有时间才能创作出深刻而壮阔的作品。因此，今天我将多萝西娅·坦宁[16]的画作《生日》和那个门前如梦似幻的女人之间建立联系，"我"，另一个"我"，童年的"我"。坦宁的这幅画总是给我灵感，也让我想起位于洛弗希大街（Avenue de Loverchy）的厨房（我坐在餐桌旁）。这可以是一部客观视角的小说的开头。

一个个"曾经的我"可以是我探索的对象。我认为这里有一个重要的线索，可以证明我的身份（历经种种曲折，因此可以成为一个**故事**）。

**10 月 30 日，星期天，布瓦吉博**

远离 VN，我就再也不想写了。那么我应该趁自己还在城里的时候写吗？

重读了一遍《左撇子女人》[17]，它确实有现代性的基调，外在，等等。

我开始读克洛德·鲁瓦[18]的《艺术桥的穿越》，"侦探调查"类的。我觉得写得很好，尤其是在调查之外讲述故事。主题本身就很吸引人：通过艺术、记忆和快乐来抵抗时间的流逝，但我们究竟什么时候才能感受到时间呢？其实，在小说中我想做到两点：让人们感受到时间的流逝，而我自己则要脱离时间，寻找一切永恒的东西。

重读博托·施特劳斯[19]的《双双对对，行人》。这本书抽象、吹毛求疵、充满解释性。千万不要［像他］那样去解释心理活动，那是最糟糕的。

其实，对我来说，主题并不重要，重要的是方法和语调，这才是让我下决定的因素。

对 VN 来说，是一种冷淡、疏离的语调，但是否可能加入一个故事，用第三人称复数"他们"来写？就像佩雷克[20]的《物》。

### 11 月 18 日，星期五

几个显而易见的观点（基于我今天读到的文章和以前的想法）：

日常生活（但有多种形式）——客观的角度（我想到了契诃夫），是最**直接**的手法，去除揶揄和抒情，还有戏剧化。一种行为主义，我称为**客观写作**。剩下的就是主题的选择。

**11 月 19 日，星期六**

VN 和探寻—小说在我看来是不可回避、无法割舍的，为什么我想写这两个主题，因为它们更具"社会性""私人性"。

事实上，如果我写 VN，**一切都得布局，但我还不清楚要怎么做。限制页数，从一开始就保持严谨的结构**，这对我来说非常有用。在另一种情况下，《探访》或 RT 的构思并没有更清晰，或者说并没有清晰很多。

阻碍我写 VN 的最大原因是我在假期里写这篇〔给《小说》杂志的〕文章时遇到的困难，但也许是因为天气太热，我没兴致写吧？

一些简短、新颖、几乎没有故事的东西？还是简单的一个侦探故事？最主要的是传达空虚、疏远和个人主义。

**11 月 21 日，星期一**

问题或许在于：是要写一本记忆之书（RT），还

是非记忆之书（VN），是对自我的探索还是与我
无关。

有趣的反思：在写《位置》时，我"放弃"了许
多原本计划的东西。写《被冻住的女人》时亦如此。
但无论如何总得有个"写作大纲"。

## 12 月 25 日，拉克吕萨（La Clusaz）

在达尼埃尔·萨勒纳弗[21]的一本书中，找到一段
非常精准的描述："在浮码头的阳光下，这是威尼斯
最忧郁的码头，要过'无望者之桥'方能到达，这说
明了一切；那里曾经是一个流放之地，被流放者的脸
因烈日曝晒而脱皮，鼻梁裸露在外（……），在那个
时候，法令明文规定远离跛子。"

在威尼斯的别墅里（可能在布伦塔河边），可以
看到错视画。

这本书让我感兴趣的是，它是一种"记忆"：废
墟——历史记忆、神话记忆（经流传而来的）、绘画

记忆、个人的儿时记忆，以及大量关于身体机能、衰老、病痛的记录，由此可见，人生在世亦如这些被岁月侵蚀的石头，等等。文笔十分考究。

该书的结构由9章组成，分别介绍挖掘情况等：1.墓道 -2.铭文 -3.挖掘 -4.柱廊 -5.勘探等，以及墓穴、排列、战利品和墓室。对集体记忆和个人记忆进行的某种考古工作。

这本书与我之前的初稿（身体、出身的局限）有异曲同工之处，某种我一度想要的抒情，而今已不再渴望。但它给了我一些启迪，让我产生了相反的想法：VN或不可能的记忆，缺乏深度，这必然导致对个人挖掘的缺失。

这表明我们可以写出一本非虚构的好书：伊沃托的废墟和塞尔吉的建筑。但结构或结构化的想法必须清晰，并分不同的部分展开。

昨天，奇怪的想法：索莱尔斯/克里斯蒂娃在我看来一直是约翰·列侬/小野洋子的翻版。

四种可能性：

1. "探访"：多次重返［伊沃托］的记忆，包括
   堕胎后的那次

       以小城／过去为中心

       仍然关注文化，但更多地关注性。家庭
   故事、池塘，等等。

2. 宏大的命运小说→最终一无所有——这里有
   普鲁斯特式的诱惑。需要大量建设性工作。

3. 新城

       a. 一对夫妇的故事，配合其他故事，世
   界性的。展现现实状况，而非揭露。

       b. 一个（复杂的）调查故事，更像是寻
   找某人，如 1958 年在鲁昂——一个女人（疯
   狂还是酗酒？毫不起眼，想到暴食症）。

       c. 非常微不足道的东西：抵达小城，描
   写，非常日常化（购物），教师。

       d. 戏剧化的东西：VN 为背景，与菲利普

分手。

4. 师生之间的故事（新想法，有点受《度》[22]的
影响）。

但在什么情况下，我才不会每天寻找新主题，继续**避免**自己投入创作呢？

# 1984 年

**7 月 16 日**

我快速重读了《探访》笔记：很多东西已明确，便于后续能够有条不紊地进行。

关于那本"大书"，我也已经准备了很多东西。在这两种情况下，它还是一种"自我揭示"。

18 岁时我在音乐中追寻的东西（当我听到大卫弹奏我喜欢的乐曲时，我就会想起它）——绝对、爱情、美好——我将在文学中再次寻找。

找到与主题保持恰当距离的风格。

**7 月 18 日**

VN 似乎只能是断片式、冰冷的笔触，75 年来到

<u>这座城市</u>，等等，我所做的就是上课，对废墟和战争的回忆。

VN 理所当然地来到了我个人的时间线上。

**9 月 30 日**

1. 今天想构思一部宏大的小说，一个人物（不确定，或者几个人物），围绕一个女人，一生，以她的视角来叙事？

脑海中萦绕着《飘》[23]

多斯·帕索斯[24]（历史）

帕韦泽[25]（《美丽的夏天》）

《一个女人》（彼得·赫尔德林[26]）

好几个人物（P.）

一个逐渐有了许多发现的女性。44 岁。堕胎。最后加上一个疯狂的母亲。那剩下的家人呢？

但是我想要一个独特的视角，和计划的事实真相相契合。

我和母亲的关系的另一种可能的写法，但这一关系可放大也可缩小，就写在医院里。

雷蒙德大妈去世了。

马尔罗[27]说，一部小说中让他感兴趣的是历史。我认为这一点很重要：扎根历史的书，架空历史的书。比安乔蒂[28]的《季节的契约》和贝尔纳-亨利·列维（BHL）[29]之间的区别。然而，后者完全忽视了这一点：人们感受不到历史。而历史在多斯·帕索斯的作品中能感受到，尽管没有被详细描述。是不是历史只有通过人们的经历而存在呢？福楼拜［《情感教育》］—多斯·帕索斯［《曼哈顿中转站》］—斯坦贝克［《愤怒的葡萄》］。

# **1985 年**

### **6 月 29 日**

从埃拉尼（Éragny）回来，行驶在高速公路上，我听着与爱情回忆有关的歌曲，内心总是涌起特殊的激动，我想，不管是什么故事，只有爱情和死亡才是生活的本质，**写作的本质**。在我的脑海中，母亲、童年（52 年）与发现性爱的 54 年夏天再一次联系在了一起。

### **6 月 30 日**

5—6 月，困扰我的不仅是两篇强加于我的关于 VN 和威尼斯的文章，尤其是创作，它没有任何批评功能，或者说至少是不够的。我在这里所做的是显山露水的"文学",而我所有的努力都是为了创作不显山露水的文学。

**7月27日**

我在写，<u>但是我不知道如何创作。</u>

**8月17日**

重读那段黑暗岁月的日记（79年至83年），想写一部长篇小说，分手、时间、衰退和失去的长篇小说，简而言之，就是用更客观的手法写作"一生"。

这类文学作品有：

《一生》(莫泊桑)→她

《金妮》(丽莎·阿尔瑟[30])→我—她（？）

《珍妮》(西格丽德·温塞特[31])→她

《一个女人》(赫尔德林)→她（目的相同，形式不同，话多）

普鲁斯特的影响。

从另一个角度看《空衣橱》。

但是如果使用"她"这个代词,又能有多客观呢?

我的母亲肯定也包含在内(而最后写 P.,回归童年)

或者,正如我预期的那样,只写"分手",西班牙之旅,用枯冷的笔调,那将是描写我 13 岁的《当我们两人时》(*Quand nous étions deux*)[于盖特·加尼耶[32]]。以最简单的方式进行创作。在我看来似乎有些局促。萨拉曼卡(Salamanque)的妓女。

或者,首先是我的母亲,现在时,回顾童年,等等,以及 P.,还有很多东西要再看看,这一切都不够清晰。

我不可能只写关于我青年时代的东西,以及在鲁昂的经历,等等。

**8 月 27 日**

要写一部全小说,需要考虑真实历史的介入问题，从某一个时刻起，比如从 50—53 年有政治意识开始，当时的报纸要不要写进去。

<u>方法的确是根本问题。</u>

用"我"来建构另一个"我"，是否可以和置身事外的"他"采取同样的方法？换言之，在这种情况下，写作问题是否与我在写《位置》时遇到的那些问题类似？

**9 月 21 日，星期六**

梦见《赤脚女孩》[B. 奥尔巴赫[33]]，小说封面出现在了梦里。这激励我去写这部全小说，写女性的命运。不过，我不像以前那么积极，今天面对这个计划的广度和长度，我感到有些迷茫。也许是因为我没有找到"方法"，我淹没在自己的笔记中迷失了方向。

**10 月 2 日，星期三**

两个创作方向之间有一个可能的"连接点"：母

亲，探访，然后闪回到一个女人命运，以及城市（尽管不太理想）。

有趣的是，在 82 年，我曾考虑过写一篇"客观的自传性随笔"，并对罗斯及其各种自传方法产生了浓厚的兴趣。

### 10 月 3 日，星期四

传统的闪回手法，四平八稳，不可能再用。我一直在寻找两个方向之间的连接点。正如我在 82 年构思的那本《探访》，已（在我的生活中）被超越了。

### 10 月 6 日，星期天

想到 72 年我开始写堕胎的时候比现在大胆多了，最初那也是一个庞大的计划。问题是，现在我已经没有时间迷茫了。

### 8 日，星期二

想到苏珊娜／圣里基埃夫人*之间的关系，她们的平行故事有交集，两人都有一个儿子。我感觉没有太多深度。我问自己这一新方向是否暗合了内心拒绝开始写的心思，我给自己弄出很多新线索，其实是为了拖延。

不管这本书会怎样，都要从"那个夏天"开始，因为对我而言，这是能立刻令人感动、已经结束的事情，之后我们便可使用未完成过去时或愈过去时。

最初想写的旅行是"回归母亲怀抱"的传统主题，令人不适。

我确信我又回到先前的想法了（母亲／伟大的历史小说）

因为愧疚，我内心最深处的是母亲。

**如果一件事别人能做得和你一样好，那你就别做**

---

\* 苏珊娜是我的姨妈，她是富有的圣里基埃夫人的女伴，一直陪伴她直至去世，但这个创作计划最终并未成文。——作者补注

了；如果一件事别人能说得和你一样好，那你就别说了；如果一件事别人能写得和你一样好，那你就别写了。你只需要专注于非你不可的事物。纪德[34]

### 12 日，星期六

我还不知道自己想做什么，也不能去问任何人，只有我自己才能感觉到。我完全不确定自己最终会倒向哪边。对于写一本关于我母亲的书，我有一些顾虑，因为《位置》。此外，我还害怕用过于枯冷的笔触去书写一个女人的命运，我真的不会写历史"画卷"。这就是我倾向于写我母亲的原因。

我需要尽快做出选择，并在所选范围内考虑结构等问题。着手去写，去看，去改，等等。只有这样我才能完成。两本书一起写？我想我又要陷入我的老问题了。

我只能采取这样的工作方式：写下／思考我正在做的——冲动和克制交替出现。

正如热奈特所说，第三人称"她"更灵活。

## 18 日，星期五

我在两个计划中抽签：抽到我母亲。一想到抽中"RT"或许我会更"开心"，不免有点忧伤。

想起我还没写我的《名士风流》[35]。除非这本关于我母亲的书会引出"一个女人的故事"。

## 无日期

玛尔特·罗贝尔[36]曾这样评价福楼拜的《情感教育》："福楼拜的文字有多平稳流畅，他笔下主人公虚构的生活就有多颠沛流离、一波三折。"现代小说家则持相反的观点：故事和不连贯的文本之间并不协调。在福楼拜的笔下：故事越不连续，其文本就越遵守有序和统一的准则："它真正的现代性就在于此。"

普鲁斯特更改了地名、画家名等。他为什么要这么做？绝对无法忍受。

我很反感这种非常常见的做法，把我对某个东西的看法强加到人物身上，就像造假一样。

我想，如果我写我的母亲，我就会从"我不想做文学"开始。说到底，就是这样——而这对我究竟意味着什么呢？

［我母亲于 1986 年 4 月离世，

《一个女人》$^{37}$ 于 1987 年 2 月完稿］

# 1989 年

**6 月 5 日**

如何创作？先写独立的章节然后再进行整合（为了防止构思整本书而导致创作的停滞）？同时写下我刚经历的事情，性与写作的关系，一些美好、"遥远"、空虚或真实的东西（不要神秘主义），是否从日记出发？大致来说，这两种可能性都有。新城不那么吸引我了。

不管计划是什么，都要让人感受到时间的流逝、历史的在场、生活方式的变迁，以及自身（**我或她**）的变化。

　* 性的重要性（可能和写作相关，不太确定，通常和艺术有关）

* 不要传统的叙事（我指的是描写、人物刻画等，还有心理活动）

* 不用简单过去时

我发现，从 1986 年 1 月到 3 月底，我写了至关重要的 18 页 [关于我母亲的内容]，基本上没做修改。我原以为没有什么进展，但其实根本不是的。一切都已经在那儿了，或者说几乎。

总是琢磨福柯关于民族学和精神分析的文章，思考一些未曾思考过的东西。

### 6 月 6 日

我要在结构、方法和目标上花不少工夫（因为**我想做什么？**这个问题是首要的）。总在想如何协调"客观自传"和历史、整体性的问题，除非我们认为普鲁斯特已经做到了。普鲁斯特和《飘》之间有相通之处吗？

**6月7日**

扪心自问，相对于自我、现实、现有的文学模式，我到底想做什么（展现一生和历史，这就足够了吗？现实主义存在吗？）。

对**我/她**来说，对社会阶层跃升的渴望，同时又感到**厌倦**：对感情、性的分析。（回想82年初那种对"理解"的渴求。）

**6月8日**

88年提出的问题，关于形式：

"我的根本问题，是不能写小说，无论是新小说还是旧小说，我必须根据我的感受、我的所见创造出自己的写作风格。"

另一个障碍，是生活，是生活本身，资料。我从来没有收集过资料。类似《工作台》[38]那样的小说。需要另一种写作风格，提出疑问。

问题是要在**再现**和**寻找**、探索之间的选择：40—

90 年代的图景／一个女性的探索。真实的资料、作者的真实自我和社会图景之间调和可能吗？

照片有什么可能性？日记？我自己的日记？

我对普鲁斯特的批评是：不管怎么说保留了小说的形式，难道不恰恰是这种形式赋予了这本书魅力吗？

各种"生命线"：性、父母、社会不平等、写作和历史、世界的变化、思想、时尚。

### 6 月 12 日

"我是如何成为作家的"——记得那天在迪克莱尔（Duclair）与阿盖（Haquet）小姐一起的时光：描述这个世界，解释为什么。青少年时期的我是什么样子呢：一种力量，一种境遇，这将在 62 年达到顶峰，我会"看到"自己穿着一件麂皮大衣走在大学校园（已经出版了第一本小说），另一种人生。对自我的肯定。然而，当我真正开始写作时，我意识到我并没有一个独立的自我，我与他人无异，我的生活也并不会因此改变。（我可以把这些观点赋予一个角色。）

不管怎样，"打破文学观念"（像卢梭、塞利纳那样，普鲁斯特则大大不如）是首要目标。

我对自己提出的一个结构问题是，<u>历史</u>与<u>记忆</u>的关系。

是否有可能包括即时的历史，例如苏联的历史？

## 6 月 15 日

我曾一度想到要用 P.、G.M.、Ph. 埃尔诺来创作平行的人生（包括人）。但是这如何与我的追寻相一致呢？平行结构是有点老套，用什么方法才能让它有新意呢？这就要多重聚焦现实了。

重读关于记忆和［即将消失的］意象的开头。我不喜欢抒情的形式，但突出性的意象是个有趣的方向。更重要的是：这种列举会把我带到哪里去？实际上，这是关于记忆与写作的初探。昨晚梦见我用

"我"和"她"来写作，但我不太清楚该如何下笔（在佩雷克的《W》和丽莎·阿尔瑟的《金妮》中就是这样，根据章节交替使用不同的人称）。

不管怎样，"记忆"方向有点太狭隘了。

年代顺序的问题。

一个重要的想法是，过去是**不同的**，（历史）发生了重大变化，但没有真正的断裂（即使是68年），与此同时（我）的身份没有变化。

唯一的消遣或许是一本情色书。

这与我关于记忆的抒情开头不太搭，因为我最在意的是那种一开始就要定位在"文学之下"的声音，在"让人不适的区域"，直指那些未曾被言说的东西的声音。

### 6月16日

我曾问我自己：什么样的结构才能媲美多萝西娅·坦宁的画作《生日》？难不成是嵌套？这和向前

推进的叙事相悖。需要推进，时间和历史。嵌套恰恰体现了这种统一性。

堕胎仍是一个解不开的**结**，或许因为它包含了家庭、母亲和我这个非法堕胎者。

弗吉尼亚·伍尔芙的作品《海浪》的结构很好地刻画了时间。

我的问题是，迄今为止，"我"这个人称（带着一代或几代人的追寻和更广泛的特征）与枯冷的观察（但"合在一起"并不一定与抒情有关）之间存在着相当大的冲突。

我最清楚的一点就是：我只能"危险地"写作。此外，别无其他。至少在开头——动笔的时候是这样。

**6月20日**

实际上，我所有的前期工作只是为了扫清障碍，引导我走向**真正想写的东西**。需要厘清创作计划的

"生命线"（或它的缺失）和主要构思。

### 6 月 23 日

昨晚，我突然有了用笔名写书的想法，以确保自己完全自由。

我看到自己人生的各个阶段，看到自己接连不断的"信念"（关于要掌握的语言、写作、灵感、学习写作——文学学位）。Y 城成了我的"写作之地"，等等。这也与时间有关。我该如何表达？继续探寻或是写成小说？

### 6 月 26 日

关于 54 年，我还没有谈论过的，是性，它在我的生活中很重要。分开写？还是将它融入其他部分？

### 6 月 27 日

现在，我在"寻找"，但情感处在如此痛苦的状态（因为 S.），以至于我不确定自己是否**真的**在寻找。在创作时刻涌入脑海的，是过去的同样痛苦的记忆——61 年 9 月在北方，圣波勒苏尔梅尔（St-Pol-sur-Mer）潮湿的房子里，尤其是 64 年，我空空如也的肚子和逝去的爱情，"付出"之后想要挽留他，当然还有 58—59 年，在埃尔内蒙（Ernemont）。选择"她"，保持距离，难道不是一种办法，一种自由吗？热奈特认为，"她"比"我"在叙事上更灵活。

每个读者都可以把自己想象成"她"（我经常这样做）。听电影的画外音让我感觉自己置身其中，这一事实是选择"她"去叙事的理由吗？

**7 月 8 日**

在极度痛苦中诞生的"想法"，一本有两个（或三个）主线的书：

<u>现在</u>，我在写书，痛苦和等待，与 S. 的故事（我不能说，"我会写一本关于你的书"变成"我不会

写一本关于你的书"），但我还是写了。这本不想写的书，最后变成了书。

生活与文学的接缝要尽量小，从边缘到边缘，我站在生活和文学的临界点。（但这究竟意味着什么？）"我"不存在，对我来说，它只存在于写作并融于写作中。

小说的开头来得很自然（建立死亡、写作和性之间的关系）：

"已经有好几天，我在夜里醒来，我想死。是死是活对我来说都无所谓。"

或者："昨晚我醒来时想，或许死了更好（解释这种需要埋在心里的可怕的痛苦）。现在，写作无法减轻痛苦。我躺在一堆无法厘清的沉重的悲伤之上，在一个透明的泡泡里。然而，事情并不总是这样。我也曾想要拥有。"

**7月17日，星期一**

总有这样一种可能性（但我将其视为一种便利），

即从作家的处境出发，选择写这件事而非那件事，等等（就像我在《一个女人》中所做的那样）。

我真的不想写关于 80 年夏的事情，在我看来，它太局限，太"法国小说"了，与我另一个时期的作品《如他们所说的，或什么都不是》相呼应。大写的历史在其中所占篇幅太少。如果非要写，我更倾向于一本纯粹的记忆之书（《爱之债》[39]之类）或者一本情色小说。

### 11 月 15 日

关于 S. 的日记，就像关于我母亲的日记一样：我会以同样的方式"利用"它们吗？

也就是说，在这两种情况下，我知道经历的过程**比生活本身更重要**。

最美丽和最情色的书。

一段爱情——一种激情

《葡萄牙修女的情书》[40]

《饥饿，我们称之为爱》(*La faim, nous l'appelons amour*)[卡罗琳娜·冯·龚德罗德[41]]

"一年来我什么也没写——除了一部爱情小说。"

不→"我再次孤身一人"——"她再次孤身一人"（这通向何处？通向孤单的回忆）+ 对新城的描写

或者先描写新城，空虚之地——还是幸福之地？

我作为叙述者，"我"+ 其他人物，"他"，"她"，等等。

必须要有

→令人眼前一亮的开头，放入我的声音、性或
  死亡

— 最好是

  听到的语句让我停下

  Canal+ 频道的电影："今年夏天，我看了，等
  等。"+ 苏联元素，东方事件

  男人的身体，美的化身

→最好是，叙述声音自问，等等

加上关于写作的段落。

→最极端的现实主义，生活和文学之间最小的差
异（对于写作，我知道；对于遣词造句、"形
式"，我所知甚少）

所有症结就在于此：我想做什么（一本漂亮的
书，一代人）和我能做什么（来自内心深处，来自我
的欲望）。

也许写作时要考虑东方当前发生的事件，前提是
它们是整体历史写作计划的一部分。

→我的"理论"：

每个人都是由以下因素决定的：

* 他的处境

* 他的社会关系

* 历史，进步，环境

* 他的家庭史和性史

* 浪漫的想象

→颠覆所有女性的道德标识

→性关系、母亲、死亡、写作，就我而言，

　+ 堕胎和社会撕裂感

### 11 月 18 日

我觉得我不能写与 S. 的风流韵事，因为它不会带来任何积极的影响。更重要的是，我要违背自己的诺言，不写一本"美"的书。那我能"治愈"自己吗?

### 11 月 19 日

我想到我爱 S. 的方式:"爱，就是用手指抚过他臀部的曲线"，等等。这只能是故事的一部分，我的故事和历史。还因为 S. 是某种情绪的顶点。

格罗斯曼[42]的话作为题词［她突然有一个一闪而过的印象，她即将把今天、今天这个她正在亲吻的男人说的话和过去联系起来，那样她就将了解她人生的秘密走向，看到那些必须隐藏在视线之外的东西，她自己的内心深处，命运在那里上演。]

（即使我把 V. 格罗斯曼的这句话说给他［给 S.］
听，他也不会完全明白这其中的力量，也不会理解我
内心的悸动——这正是我写作的原因，为了让他明
白）要么只用我来叙事，要么用"她"，要么用复调
的形式。也可以用在开头：我所感受到的。

我希望能把诸如此类的句子放到我的书里

**爱情故事。**

每天夜里，我都在重塑他的身体，等等。

"我在某月停止了写作。反正也不是什么了不起
的事情，没必要写。天很热。"

如何写这件事，只写自己？以一个人倾诉的
方式。

最好是丝毫不提及和他有关的信息，这可能吗？
因为他已婚，且身居要职。

只写自己，那要写什么？不只是情色，不管怎
样，还有感情、态度和嫉妒。

看看这个故事和什么有关：

　　＊ 我的时代（我的女伴，等等）

　　＊ 连载小说

　　＊ 情色电影与日记

它和我的生活有什么关联？（包括我所处的社会阶层？）显而易见，它延续了我一生的轨迹，勾起我过往的所有岁月，我的年华，等等。

或者，如何只把它作为一个前奏，或者不如说是一个伴奏？用什么方式？（参见书的开头，我总想谈论这些——拥抱，精液——或堕胎。然后再谈论其他东西。）

无论如何，不要以"痛苦"作为开篇。

或者进入一个写男人的计划，完全坦白，这是最可怕的［但它可以用其他东西来调和］。

只写 S. 的故事（有违我的初衷）：

在"分手"之际，我所做的一切——外部世界——储蓄银行

列举——［怎样才算爱一个男人？］

难免提及过往——堕胎，等等——那些男人

（从未写过的关于我身体的故事。）在这种情况下，问题关乎历史，关乎时间。

（我知道，我并不是真的只想讲述这个"故事"，它显得重复。或者以完全不同的形式来呈现。）

最终就像《疯狂的爱》[43]？或者《情人》[44]，它融合了许多至关重要的元素，母亲，写作，酒精。

"陌生男人"——"东欧男人"——"故事"→
怎样才算爱一个男人？

"探访"——"访客"

还有许多别的东西，但我还不清楚是什么。

可能的续篇：

    * 列宁格勒或莫斯科的"记忆"

    * 生活的画面

    * 鸿篇巨制

痛苦、爱情故事与写作之间的关系，开头处，然后是结尾处?

S. 的故事，作为序章：

无法写这个故事，或描写"分手"，没关系，它引出回顾一生的宏大的写作计划。

很快就以作家的身份自居。写作/生活。

"这个夏天，我看了一部色情电影"（或者不观看，仅凭想象来描述它）。

### 11 月 20 日

当我说要写介于《追忆》[45] 和《飘》之间的东西时，我指的是：

——大历史中的女性故事

——《追忆》的复杂性——或许记忆的作用，"我"的存在

当我试图继续写 S. 的故事时，我很快就卡住了，感觉那只是一种拙劣或传统的叙事。但这或许是因为我并不想走到自己内心深处，抑或因为我还没有开始

写，所以我不知道结果会怎样（试试那一天）。

怎样做（就结构而言）才能给人一种历史感（提到一些有时代特征的物，观念？），但又同时能让人感受到广阔的世界呢？

书名中有莫斯科

开篇，一次莫斯科之旅

81 年的莫斯科：我在伊沃托的童年感受

## 11 月 21 日

——复调叙述（关于这个时代其他人的叙事，我姑姑，一位女老师，等等）

——和《追忆》一样，要有几个开头：离开，通过记忆寻找什么东西，引出整个世界，但是，是过去的世界——结尾是对写作和爱情的启示？或者像卡夫卡的作品一样，没有启示。

——再次孤单一人—新城—回到原点（像许多女人一样）——一如既往，冒险。闪回，回到伊沃托，或

者不回。"她"?（老套、没意思）

**11 月 24 日**

思考：我想用同样的方式来写"我"，就像我写我的父母那样〔也就是说，我要成为研究自己的社会学家？但不止于此〕。

我还想写出像《飘》一样的作品，也就是说关于"她"的长篇，一个女人的故事。是否可以穿插用"我"来叙述？

在这个涉及家庭等其他因素的宏大叙事中，我要在哪里、在什么时候交代我的写作动机，我要如何书写一个"被历史穿越"的女性故事？

有两个世界，历史的世界和抵抗的内心世界。

书名：《人生》(参考莫泊桑的《一生》)

一个人的生活轨迹由各种各样的联系勾勒而成，如何把它们连在一起？比如，15 岁时想当妓女的想法以及萨拉曼卡的妓女。

写作总是要面临**真实性**的问题。

总是当下写作的问题，写作的"我"的问题→我要写尽一切，包括当妓女的想法，所有写作之于我的意义——也是写作本身的故事。

再者：如何同时呈现一个普通女<u>人</u>以及一个正在写作、应当写作的女人形象，也是要思考的问题。在《位置》中，"我"是一个写作的女人，然而（写作的）过去和现在发生分裂。要保留这种分裂吗？普鲁斯特选择了保留，但他一开始不是一个写作的人，他想写作，这是一个投身写作的故事。

如何将一个人一生中的重要时刻、整个人生和来世上"走一遭"编织成故事？

**12 月 4 日**

— 读到 S. 离开的开头：我觉得完全不吸引人，几乎可以说是平淡无奇，不可能继续写下去，毫无意义一另一种开头：

> \* 关于激情，与上一种相比，更强烈，但问
>
> 题是后续
>
> \* Canal+ 频道上的 X 级电影（不在开头写）

但从根本上说，没有任何真正的问题，因为两个开头都可以衔接上相同或类似的后续：回忆然后是创作计划（X 级电影也是）。

### 12 月 6 日

还是不确定用"她"来叙事，在我看来，这会失去某些东西。另一方面，叙事视角是"她"，没有其他外部的、民族志的视角。

我感觉自己没有选择最适合捕捉真相的形式。

# 1990 年

**1 月 2 日，星期二**

一切都还要再思考，都还不确定

1. 只讲诉 S. 的故事是不可能的

2. 一生的故事，简言之，"我"

　　"她"：坚决采用历史表述。但篇幅或长或短还没有明确界定。

不过，我感觉有一个视角略有不同：

"她想长大，她只想长大，就是穿长丝袜，涂口红，经历连载小说中的人生。奶奶每周四都会来。"

这显然是视角的转换，历史的，社会的，心理的，小说的（读过的书）。

"她"叙事的单调。

暂时不考虑篇幅长短的问题。无论如何，总要构建历史空间、社会空间等。

## 1月4日

我知道为什么八年前自己很喜欢彼得·赫尔德林的书［《一个女人》］：这是我的故事的范本，也是我想要的，我的自由。也就是说，这是一部相对传统的小说，有历史的在场，但相对遥远。好处是：现在时的使用、轻快的结构、日常生活的细节、很少心理活动。

两种开头殊途同归，有"她"无"我"的开头，和有"她"有"我"的开头。

重读直接用"她"叙事的手稿→太文学了，有更简洁的开头方式："当她夜里醒来，等等。"换句话说，真正将自己投射到这个"她"身上，同时写一个民族志文本。传统小说，当然……

重读用"我"叙事的手稿→激情／历史的联系并不明显——表达写作计划的方式比较笨拙。

明天：我必须尝试换一种方式用"她"来叙事

在我 / 她叙事版本中用"她"开始叙事

## 1月5日

别忘了在"她"叙事的版本中，也可以加入"我"叙事（但最终效果也不怎么样，有断裂感——我不认为这种做法可行）。

## 1月9日

开始写的这个版本也卡住了。也许是因为我必须不惜一切代价尝试不同于传统"她"叙事的手法，比前一次更客观。

所以：这个版本我写了一页——然后这一天我都不再动笔→保留创作欲。

## 1月13日

纯粹以"她"来叙事的版本刚开了个头就又卡住

了，这意味着什么？尤其是在主观模式和客观模式之间犹豫不决，而我想将二者融合在一起。

"她"可能会让我举步维艰，我投入得不够。

因此，想用"我"来叙事的渴望又变得非常强烈。

要写的东西很多，要写到比较后面才会触及情情爱爱的问题？


**1 月 15 日**

重读版本 1（我）：从构思到计划动笔，我找到了我想要的，正是我想要的。之后，计划，有点冗长繁琐。之后开头，也不令人信服。只能是："一开始，总会有"*。我对双重叙事不肯定。简言之，困难出自：

1. 接下来的整体走向，整个故事

2. 我 / 她

---

\* 这是《悠悠岁月》最初的其中一个版本的开头的句子，完整的句子是："一开始，总会有战争。"——作者补注

我对双重叙事还不擅长，至少不是这样。

接下来，我希望像写日记一样直接，毫不刻意。我最怕的就是刻意。

### 2月1日

在我看来，最大的顾虑——这样想也很合理——是"她"版本无法直接触及真实，就像我以前的书中那样。

### 2月5日

今天我也有同样的心情，也就是说，我渴望继续用第一人称"我"来写一本像《葡萄牙修女的情书》一样美妙的爱之书。说出激情，说出这种激情的美妙，以及它与写作的关系。我在地铁上睡着了，身体很疲惫，仿佛飘浮在空中，我们邂逅的夜晚，现在在我看来堪称是绝佳的"体验"。但为何总担心这样的题材太"小"、太狭隘？

## 2月6日

重读我写的"她"叙事的版本：冷冰冰的，少了跟自己保持距离的叙事者"我"产生的一种距离／激动形成的反差，或一种近似的效果。而"她"版本只有距离。

重读"我"版本和"激情 S."，我触及了这种激情的真相、现实的真相，但因为没有被历史化，这种真相还不完整。写作计划可以不那么沉重，感情可以更充沛些，不那么直接和冷峻。但依然存在和后续要写的东西有断裂感的问题。

## 4月2日

还没重读我在两个方向上写的东西：

a. 开篇是爱情故事，激情——与写作的关系，但之后呢？

**我写**这个故事的时候，也在重温，我**活在**这本书里

这种激情并非孤立存在

b. 时间之书，线性的

c. 还有第三条路吗？

对我来说，写些什么是**危险的**，因而也是令人兴奋的？ 52 年 6 月的事。这件事我只跟三个男人说过，从没对任何一个女人讲过。

激情 S.。还有，（刻意的）回溯，所有激情：和克罗德·G. 的开头必须重写。


**4 月 9 日**

• 激情 S.

• 写作（爱情、写作和性的关系）

• 1952 年（也可能是 1958 年、1964 年，某种程度上也是一种死亡）

但要如何安排这些内容呢？爱情是被体验的写作，写作是被书写的爱情？通过一个叙事来展现？

会有被体验的激情和被书写的激情，但"被体验的过往"在任何地方都不复存在。我所能做的只有叙述，讲一讲这种激情如何会跟写一本书相似。

发现我体验激情就像是在写一本书那样，二者都有同样的对完美的渴望。

在我看来，《活成一个童话》( *Vivere una favola* ) [46] 的结构中或许有《追忆》的痕迹，而写作是一种方法，能实现这一点。但我对此还不太清楚。

## 4 月 11 日

我越写，越感觉到激情 S. 的开篇就应该是这样，而且它非常美。唯一能放在它前面的可以是付费电视频道 "Canal+" 的画面［是的，90 年 11 月］。

至于过渡，衔接，有一些与真相有关但我现在还拒绝面对的东西。

## 4 月 13 日

我要尝试找到衔接，可以是：

对 52 年的追忆

一个女人穿越时光的追寻

**7 月 5 日**

重读

→开头，穿插，都还不错

→接着，父母的故事在外部展开，我们又回到了小说的叙述中，这让我想起了写父亲的手稿。这里也需要一些距离感，或其他元素。

句子也有点小说的味道

事实上，我在写作时并未过多考虑过结构等问题，写得有点仓促。

开篇太过简短：时间、性、死亡……

写作时往枯冷和客观的方向打磨不够。

原则：首先要了解欲望。旧的欲望、新的欲望：写一个时期，融入内心和外部的变化，还有同时变化或是不变的东西。

我在 85 年曾这样写道：立即带领读者进入时间、性和死亡（我认为这句话仍然非常正确）。

开始写一本书，就是感受我周围的世界以及仿佛消融其中的自己，接受自我的消融，来理解并呈现世界的复杂纷繁。

## 7 月 6 日

我的渴望—计划（写"什么"）：

a. 捕捉、展示 1945 年到 1990 年的外部时间和历史时间、思想、风尚、价值观，即"公共时间"。这需要用一个个体的存在来体现，但其中也包含几个其他人物。

b. 同时展示性，社会差异，或许还有写作，一个女人。所有的深情、永恒、**空虚**。"终将消逝的时间"。

历史与个人。世界观：如何通过个人所处的位置**来体验事件**——环境因素加上时代因素，简言之，就是融入社会维度和历史维度。

个人的探索：**盲目的部分**

→房间、性等方面，这是最晦暗的，但它仍然存在。

给予读者一种美的感受，这种美来自时间、来自生活、来自"就是这样"。

如何呈现这一点、如何安排叙事：

a. 主要用"她"还是"我"来叙事？

用一些"外部故事"的片段？从内部和外部看"她"。在开头，故事可以这样展开：她看着自己，等等。对自我的探寻，就像已经写好的开头里那样？如何暗示那就是我自己？

是仅仅作为作家的"我"，还是有一个故事的"我"（很难把握）。

b. 如果只用"我"叙事，那就是传统的自传，除非让历史占据很大的篇幅？那么其他故事呢？如果我讲述一家人的经历？像《童年模

式 》( *Trame d'enfance* )［克里斯塔·沃尔夫 [47]］
那样。

我之所以没有写，没有尝试创作这本书，是因
为我觉得、我认为自己没有能力，尤其因为我是个
女人。

**8月25日**

我更喜欢思考已经写好的东西，而不是要写的东
西。这样一来，我就可以在虚无与抽象中创作，而且
我知道最后完工的作品和写作计划是并不一样的。

普鲁斯特，太繁复，有时写得很糟糕，无聊至
极，或微不足道（比如，乍一眼看对山楂花的描写），
但美的东西、重要的东西，来自追忆，来自认知的计
划，从而改变了文学史。

**9月1日**

回到叙事本身，这才是一切开始布局的地方。重

新构思《分手》（新城），为了写一个短的叙事，但我觉得，我并不是很想写。我可能还是更想写一个用"她"叙事的长篇，一个修正过、更具社会性的"她"。

RT（全小说）后续的写作都"行不通"。在"她"叙事的版本中，一开头，一切都是内聚焦。之后，是外聚焦，历史学家的视角，不是很令人信服。

重新构思 52。平行谈论德鲁蒙德事件[48]。

就在关于激情已经写好的开头之后：在 1952 年 7 月的日记中，记了一起犯罪案件，等等，之后和我的 1952 年穿插讲述。

什么样的虚构故事可以和 1952 相得益彰？一个幻想？（我认为除了一则诸如多米尼西事件的社会新闻以外其他皆无可能。）无论如何，有必要划定时期和不同时期的价值观，等等，就像我本子上写的那样。

**9 月 17 日**

我还没有重读写完的内容，我认为只剩下两种方法。52 或一代人之书，我更想写的是后一本——我认为我应该：

— 确定开头，或者说，出发点

— 撰写

— 然后划定"区域"：一些背景比较清晰的时期

— 同样很快地把一切写完

**10 月 18 日**

关于激情的开头我一直很"确定"——但对之后要写的东西还拿不定主意，尝试"传记"。可能的出路：探索我如何做到为激情而活，为激情而写，对男人和写作的爱形成循环，探索"循环的生成"？这显然跟 1958 年有关，暴食症，英国，但这一切从写作的视角来看都不是很有新意。这样一来，52 或许更胜一筹。

**11 月 1 日**

起初，"52"在我看来完全不值一写。后来，我觉得这它应该比较好写且容易写好。再后来，我又对这个写作计划感到有些气馁。

于是我想到 PS[49] 的后续，关于苏珊娜姨妈，我将根据我所知道的故事去讲述。我了解苏珊娜姨妈面临的威胁，因为我跟她很亲近。

或者回忆在卡尔迪内街经历的堕胎之旅，以便把这本书写出来，但之后呢？

还想过用"她"写一些段落——最终第三人称的客观视角让我打消了这个念头。

**11 月 17 日，星期六**

我想做什么？我是怎么成为作家的？为什么我会这么喜欢？这从何而来？这种激情，这种"奢侈"？或者说，在我身上哪里变了、哪里没变？这仍然值得大书特书，不过最好是用冷峻简洁的笔调去写，用

"我"叙事，不要浪漫虚构。我现在可以比较快地推进了，比如，在借助笔记的情况下。

至少，现在可以确定的是，不要把"她"叙事，变成历史社会小说（historico-socio-roman）。

### 11 月 26 日，星期一

我发现必须先写出来，然后借助一些想法（回忆等），增加、修改内容，或者相反，至少现在是这样（关于故事、时间等，我已经思考得很多了）。

"去探究我是怎么成为作家的"这个问题不值一提。倒不如，好好去探究我想要实现的写作构想（因此，我消除了自恋的一面，尤其是探索自我—作家的一面）。

### 12 月 3 日，星期一

再次尝试用"她"叙述（"她接受过基督教教育等"）。不，不要妥协，千万别。不过说到底，我也在考虑使用泛指人称代词"on"，在开头描绘"故事发生前"的背景。

抛开我所写的一切［《简单的激情》］这意味着"我的一段疯狂情史属于我自己"。跟编辑说，让他留几页空白？以便［读者］记下一些东西。

顺序全部颠倒：开头写除激情之外的别的东西：一次去伊沃托的旅行。或者还是写52？不，太戏剧化。只写付费频道"Canal+"。

归根到底，只有三种方法：

——只写激情，还有几个转变，52另外写

——PS+ 一代人的故事，在52上稍微停留或不停留

——又或者52，从这个时间点出发，把一切推倒重来。

如果我不能写PS+客观小说，或PS+52年，那我可以写两本其实相互有关联的书，两个彼此独立又互补的文本。

**12 月 4 日，星期二**

所以，目前我在撰写伊沃托之旅，它是"全叙事"的序幕。

我还是打算单独写一本关于 52 年的书（等我想写或者有时间再说）。

**12 月 12 日，星期三**

（因男人中断写作，L. L. 和 C. L. 很烦人，为雅典娜剧场写的文章，也很烦人。）

一直→继续写旅行 + 创作计划

考虑写 52，前面是一份关于激情的报告和 / 或 89 年写的一份清单。

**13 日，星期四**

如果我只写 PS：结尾将是关于"真正的奢侈"——写作也是一种奢侈。

**12 月 14 日，星期五**

我又想以她这一客观视角来叙事，既然现在我觉得，无论如何，都要**好好挖掘** PS。

利用我的其余时间做这件事吧，别妨碍了其他创作计划。只要把自己融入一个叙事声音里，保持**距离**就够了。

# 1991 年

**1 月 8 日，星期二**

对不能**快速地**推进感到困惑和恐惧（迫切需要金钱）。

重读用**她**写作的 RT，感觉不太令人信服（也许是错的?），情感太少，力量也太小。

**2 月 1 日，星期五**

战争。中断一切。有什么东西结束了。S. 又回来了，在写作时未曾料到。就好像这件事没有发生过一样，好像现在写作的念头比我真实的激情更强烈。这个我期待已久的归来，在时间的长河里无处安放。

我得重读和打磨这个，"激情塞尔盖"这个文本。

看看可能的后续? 或结尾?

可能是从战争开始写的书, 而我生活在两场战争之间。

[《简单的激情》于 1991 年 8 月完稿]

# 1992 年

**10 月 21 日**

重读 89 年到 90 年的创作日记

1. 89 年 11 月 15 日，我当时确定无疑地找到了
   我想要谈论的内容：PS。之后，我踌躇不前，
   时有灵光闪现：**认识自身的渴望**。

2. 即便经过了月复一月的摸索，我还是一直都
没有找到如何衔接。

我应该：重读 52 和 RT

RT 的笔记，从中产生一种不同的想法

或许这是一个<u>写作手法</u>的问题，例如，倾向于一
种<u>无人称</u>?

<u>开头的部分</u>总要吸人眼球。

第一页总是决定性的。

**12 月 10 日**

在 82 年的 RT 的初稿中，我以一种疏离、讽刺的形式写作，近乎伯尔[50]的笔调：显然，我并不太知道我会写出一部怎样的作品，但我有想法要使用一个以**我 / 她**为标志的**客观视角**写作方法。抓住对伊沃托和战争氛围的描述。还不够新颖吗？显而易见，我想将历史与个人经历的影响交织在一起。

我还重读了《探访》，其中的父母、阶级变节等内容已经过时，但主题依然是伊沃托，那座承载我个人经历的小城。

关于堕胎的开头我很喜欢，因为它的暴力、它的真实，和《简单的激情》一样。那是"63 年"，罗马，波尔多，肯尼迪遇刺。

另一个我喜欢的开头，是关于 P., 沾了精液的信。总是用性或死亡开篇，以此激励自己。

在"52"中，我喜欢的是展现的方面（书写现实）、梳理（与创作"我的激情"过程中对于地点的梳理联系起来）。

我不喜欢的是，素材只有回忆（尽管我可以重返那些地方）。尤其是，它的时间跨度很小，没有叙事，只有对童年的梳理。

我最初写下 1952 年 6 月 15 日，只是为了回答这个问题：对我而言，什么是最难写的？这不只是对 52 年的盘点，因此可以迁移到其他时间。

**12 月 15 日**

激情的位置在哪里？面对 RT 计划，我曾这样问自己。以这句话开头："我从来都只是因为一个男人而写作……"

"开头我要从……"

记忆，对个体的重要性，是一个现代事实。个人记忆把握自我。试想，如果记忆不再重要，自我又将何去何从?

问题是:如何让读者感受和解释?以及,如何表达 1945 年的各种价值观和共识?根据一些报纸、一些语句?

我看到排版更为宽松了。

我所说的创伤画面,放在开头?

必须重读所有的开头,但不是马上去读。现在先看会儿 RT 的笔记,再好好想想。

### 12 月 18 日,星期五

一听到《泉边小屋》(*La maison près de la fontaine*)这首歌,"70 年代"就涌上心头,渴望书写漫长的时间和变迁(以及不变的事物),因为这两种情绪,我常常是近乎同时地体会到(但是以何种方式呢?)。想想某个复活节清晨"小屋"里的红色小煤桶,它意味着什么?时间的永恒和深渊。经典的画面,我要谈论的并不是这个,而是 58 年同达米(Damis)在一起的那个女孩，我觉得她没变，但我知道我的学识和价值观皆已不同了；知道未来是什么样子，和我现在所处的世界不一样，而我现在所处的世界和当初也不一样（生活不是书，不是小说，小说让人相信个人生活可以像小说，通常是叙事）。永恒的形象（我的欲望、我的身体和时代感）和历史的维度（抛开外在不谈，它也是内在的）之间是什么关系？我现在还说不上来，或许我应当**到经历中**去探寻，在这一点上去理解异同。

另一个问题是"表现"：表现漫长的时间，或不表现，寻找"迹象"，但在这里是什么的"迹象"？是如何将纯粹历史的视角与保持情绪的同时避免浪漫性相结合的问题。这在普鲁斯特的作品中是没有的，这也是他不如福楼拜的地方。

**23 日，星期三**

该书的用途：创作《简单的激情》是为了让人明白、给人启发。这与我无意识的想法完全（或者说基本）一致（不，不完全是，我本想把它留给自己，想用首字母去指称）。"一本书是为何而写？"我会尝试回答这个问题。

驱使我写作的，始终是强烈的情感。

# 1993 年

**1 月 1 日，星期五**

正巧，今早收音机里播放的音乐剧曲目大多是 1952 年的。

还没定。也许会把 1952 年作为童年部分纳入 RT 中。

感觉应该打破 RT 写作计划的某种僵化。三年来，它过于"固化"了。

我能否解答这个问题："创作这本或那本书有何用处？"（52 或 RT？）试着回答一下。

归根到底还是要找到一种形式，让人思考其所未思（我的、其他人的）。

**7 日，星期四**

"52"的用处显而易见：提供一种童年研究的方法。至于RT，是要让人们认为一代人的历史"就是这样"，让女人们完全感同身受。

作为一名"普通女性"，我注定要在接受中获得认同。

**2 月 8 日，星期一**

显然，《名士风流》对我毫无参考价值，太附庸风雅、太不接地气了。

《曼哈顿中转站》[51]→展现多个人物命运的新手法（儒勒·罗曼[52]，同样的手法，平平无奇、狭隘、刻板）从而拓宽了世界，全景式的。

言归正传，我须得为"世代"、为历史（两方面含义：个人和集体，以个人观照集体）找到**新路径**。

"一张晨报将永远足以给我带来自己的消息。"[53]安德烈·布勒东→资料、照片。

开头很重要，极其重要：如同卡夫卡笔下的一扇"对的门"。

别刚动笔就担心篇幅问题。

多个人物？熟悉的？不熟悉的？对此我没什么感觉。

其实，在我看来，彼特·赫尔德林的《一个女人》（我很喜欢，82年的事儿了）一书在我看来总能触及一个时代的历史真相。同时，我觉得他的写作很传统。但是中心人物贯穿事件是基本结构。这也可以通过资料等来安排。

人称"我"是可行的吗？我能像谈论一个外人一样谈论自己吗？在 PS 中，我是这么做的，可若是涉及过去呢？此时"我"是他者，"我"的角色是什么？只是在场的叙述者吗？还是将话语尽量泛化？这样一来，"我"就不言而喻地变成了"我们""她"？

和卢梭的《忏悔录》一样的创新？

如何看待这一发现："我们的自我存在于读过的

书和看过的电影中"→这些都会产生影响，从而塑造了我们自身……

也就是说：我的生命也在无名之地和芸芸众生身上。

此生被镌刻、被书写在某个地方，除了活着别无其他：生命走到尽头，而我们还未将它写下。


**2月13日，星期六**

我想"保留"52。我不知道为什么，或许现在也不需要搞清楚。探究某一年的想法淡去了，转而开始想探究"我"或者"她／我"——这一代人。

我的渴望，我自己很清楚，还是想要在大历史中找到小故事（集体的宏大历史中寻找个人的小经历），诸如此类。但我还没有走进**真实的形式**，没有搞清楚其间错综复杂的关系。我还没有企及"艺术的真实性"，渴望赤裸裸的真相，只有"52"是例外。

我不知道我是否应该把我的写作方法展现出来

（收集资料、歌曲、广告、照片，等等）。我在写作
《位置》和《一个女人》时正是这样做的。

我所厌恶的"编排"问题：关于写这个或那个的
想法，不过我并不相信这种东西的存在。

### 2月16日，星期二

赫尔德林的书吸引我的是其主题——一个女人的
一生折射出历史以及她自身的解放（但这种解放对她
来说与社会无关），但他的写作风格和方式对我而言
却是陌生的，除了个别章节。这种**心理学式的**写作让
人无法把握事实真相，它既没有反映世界，也没有体
现文学。

当我记录有关战后的歌曲时（节日—海边的旅
行、马戏团，等等），我脑中自然而然地用"她"来
叙述，而不是"我"。就像在我虚构的童年故事中那
样，后来到60年，当我想要写作时，用"她"的频
率翻了一倍。

是什么带给我个人记忆？例如46年在费康
（Fécamp）的旅行：

——时代符号→黑麦面包、车厢门朝向月台的黑
色火车、"商店"

——面孔，失踪的人、我的祖母、我的父母、克
洛德、或许还有塞尔吉·B.（这方面我有太多故事可
以讲）

——文化符号：家庭旅行、对集体过节的憧憬

**不能有任何关于自己的东西。**或者说：这份记忆
是属于我的，也是属于其他人的。这样独一无二的画
面塑造着我，成为我的一段经历。我的自我是由这些
画面构成的，时代符号等是属于所有人的。**人是由他
的经历构成的，但这经历并不属于他自己**（奥尔特
加·伊·加塞特[54]）。

记忆，或者说画面，是一张照片，仅此而已。我
们不能进行"挖掘"，这毫无意义，然而，在某处，
我的生活于我是有意义的。

[但在一些记忆中是有"我"的：波莱特
（Paulette）没礼貌的女友。在费康也有：那是我第一
次看海＋我表兄克洛德和他的"轨道小火车"。]

## 2月19日，星期五

今天早上我一点都不想写52，我对"命运"和
"历史"有强烈的需求。我坚持认为52并不能代表
一代人，它仅仅聚焦于童年［是的，我是这样想的，
1994年11月］。

## 2月26日，星期五

很显然52不能作为"一代人"的开篇，至少就
目前的开篇而言。

今天早上有一种"直觉"，意识到了一种表现
"一代人"的直接形式，不过还没有琢磨清楚［在听
雷吉亚尼[55]唱的《化石人》（*L'Homme fosille*）歌里谈
到"赌马[56]"的时候，抑或因为昨天看了一部关于流

产的电影，以及吉赛尔·哈利米[57]的辩论的缘故]。

### 3 月 11 日，星期四

<u>一代人</u>，显然这才是我感兴趣的，尽管很困难。我把稿子又看了一遍，问自己"这样好吗?"虽然这样做也没什么用。这是为了让我自己保持强烈的创作欲，有勇气在正确的道路上走下去。

### 5 月 2 日，星期天

我问自己无法在一页稿纸上"真的"下笔去写意味着什么：我在页边写，或写在一张小纸片上，草稿打了一张又一张，没完没了。害怕写作。不过我已经有一个半月什么也没写了。希望接下来一切会变得明朗。

### 11 月 5 日

核心问题："我在哪里?"可以确信的是："我们

的经历是我们最宝贵的财富，但它却不属于我们。"

不过这一点我只能通过描写、叙事、结构等迂回的方

式去写。同样，也要忘记这个问题。

个人记忆→个人身份，指感觉、无意识、性别、

"心理创伤"？

集体记忆→他者，指的是所有的文化、历史和经

历、语言、价值观。

这两者并不重叠（除了在叙事中？例如《一个

女人》)。

事实上，这让两个写作计划相互交织（我对性别

的立场有了深刻的变化）。如何表现历史时间和个人

内心的感觉？

我要先"跳过"，但我还不知道要跳过什么（或

者我现在还不想具体是什么）。

或许写点有关过去的类似"民族志"的内容，例

如 50 年代，看看这种方式是否恰当。

重读"她"："总会有"，第一页太糟糕了，但是

后面以画面形式展开的部分还不错（记忆的画面——电视上关于战争的资料）。

关于父母生活的部分不太合适。其他手法，太小说化了（我不"在"里面）。我在里面感觉不到我自己。

只是重读写作计划→说到底一切都说了，但或许不要都放在开头

（包括：超市，还不错，引入现代性—"一切都将随我们消失"）

重读"她又孤身一人了"：提到房间的时候不适合用"她"，也不适合用"她孤身一人……"。需要更客观。这是最让我失望的版本。

"52"开篇（其次是《威尼斯90》）的好处在于它是一个场景／故事，是一种生活体验，而不是一种想法。

我想我会先写两个文本，也许一个是关于某一年（52—58—63）的，另一个是关于一代人的。

**11 月 6 日**

我更倾向于"一代人"的写作计划，它唯一的缺陷可能就是篇幅太长。

也许我可以将"某一年"整合到"一代人"中，就像普鲁斯特写《斯万的爱情》(*Un amour de Swann*)时那样。到目前为止，我其实只有一个真正的计划，即"一代人"或"客观自传"。考虑只写和 Ph. 分手是不可能的。

**11 月 8 日**

我没有寻找"某一年"的动力。"全"书则让我感到兴奋，无论以何种形式。

《位置》《一个女人》《简单的激情》中开头的场景都是非常强烈的生活体验，考试，死亡，性。这不是一种内心体验，而这也正是让我感到困扰的地方，如何用一种内心体验来开头。

"52"不是内心的。只是在后来才向内走。

　　我回想住在蓬图瓦兹医院里的母亲和堕胎之间的联系，但除了"母性""下午五点和一个男人躺在床上"，沉浸在一些原始的东西里以外，没有任何结果。

　　其实，我开头想写的，是这本书的开工仪式，以强有力的方式隐晦地将写作和生活结合起来。"她"叙事可行吗？我今天喜欢的这个"她"，客观的"她"。

　　在我写好的那些开头中，已有这样的质疑和观察：我与历史糅合不到一起——我的故事在哪里？

　　历史与我的故事之间没有关联。

　　对时间的感受（超市）。

　　同时在两个时间"感知"自我［从1994年1月开始，我将体验时间，以及如何体验］

　　→"我想象"以小说的形式探索我的故事，不顾一切（我是小说中的人物）。"她"叙事更是如此。唤起类似《生活与命运》（Vie et destin）中的情感。

标题：《节庆音乐》

　　　《店铺女王》（其实这是我能为自己编造
　　　的唯一替身，可能是因为我隐约羡慕她，
　　　因为那是一个公众角色，又隐约有点不
　　　体面）。

→或者仅仅是"52"，夏天？反正最后选的不是
其中一个。

重读 1985 年的日记：

— 等待，"午后的阳光照在床上"，男人

（等待，其实是我的一生。只有写作—孩子？—
爱情）

　— 一个不是我自己的我

我还注意到，最能体现生命的绵延—我的绵延的
是画面—定时或反复出现的**画面**。


**11 月 9 日**

可能写作危机四伏，至少开头是这样。

一生是什么？我又是什么？回答这些问题。

**11 月 13 日**

最难的是要摆脱社会的"目光"，以及我设想的社会的期待，最后，我只能通过拒绝甚至反对来回应这种期待。去追寻这种不在乎作品是否能成书的渴望。让自己置身书外，因为书也是社会性的，也是制度化的。

我知道我想做什么，这正是 89 年确定的计划。

当我写作时，我整个的写作历程都如影随形，从开头，最初的字里行间，等等。重拾 72 年的"纯真"。

开头就是艾滋病筛查？说到底，这对后续的故事没有任何影响。

但是，在开始写一本书之前，我总想做点什么：我想去利勒博纳，或者去做艾滋病测试。这算是开工仪式吗？抑或叙事的起点？入门、启蒙的体验？

### 14 日，星期天

我想我知道自己想要什么：是"RT"，不是"52"，后者太局限。但在写法上，就像关于我父亲，我还没有决定好。明天，用"她"或"我"开头，尤其不要用"52"（没有任何出路）—我可以通向她。

### 15 日，星期一

今天早上，我换了条路走，从"塞市"入手，而不是直奔主题。我不想写"58"，这是肯定的。也不想写开头，开头不是这样的。所以，明天，真的无路可逃了。

### 21 日，星期天

我的写作计划和鲁博[58]的《环》相比（目前读了 50 页），他探讨的是记忆。就像读《伦敦大火》一样，我也被它缺乏风格、大量无意义的句子所震惊，尤其是我想说，我对它讲了什么毫不在乎，最终它与它想要谴责的"童年记忆"也没什么区别。尽管一切都是正确的、明智的。但书中既没有历史，也没有具体的现实（我只能看到写作当下的现在）。和他一样，我也有一个宏大的计划，"伟大的全小说"，但我有些自命不凡，或者说有些心高气傲，想要去实现这个目标。

**27 日，星期六**

困难的不是坦陈一切，而是把写作计划继续下去，完全沉浸其中。

**29 日，星期一**

20 岁时，我对我要说的一切都感到不知所措，混乱。随后，我做了减法，借鉴了典范。现在，我又回到了混乱，想把一切写下来。我是否已经找到了解决之道？

# 1994 年

### 1 月 11 日，星期二

快一个月没动笔了，一切都归零了，重新经历犹豫的过程。不，显然不是 52。在"她"还是"我"之间犹豫不决。她，就是把自己塑造成一个角色，"让我能被看见"，也不是不可能？

### 1 月 12 日，星期三

"她"也许只能是作为辅助（还不确定）。无论如何，我不得不放弃，因为我只是怀着悔恨的心情在写这个文本，仿佛我缺失了真实的基础，一定要通过我来转换叙事。剩下两个几乎相同的开头。要把筛查的故事写完，才能达到同样的进度。

然后，迈出下一步，开始写故事。

**2月5日，星期六**

我已经开了头，却写不下去，也不知道为什么。显然，如果我知道的话，我就不会在这里写了。现在"生活"没有阻碍我写作。那么是什么阻止了我？是懒得沉下心来探索自己的记忆？对非传统写作的渴望？还是展开故事的方式？是否有另一种方法来把握故事？

还有没有其他主题？如果没有呢？但其他和羞耻相关的主题如何开始呢？52？52之后又卡住了（或者设想一个社会历史学的方式？）。

关于写作、母亲和性？

艾滋病筛查有点开头的意思，一种死亡的体验。

或许也可以是"弄脏的裙子"。

之后呢？

也许只要我真正动笔去写，一切就会变得清晰，目前我还在重做四年前做的事情。

### 3 月 28 日，星期一

重读我写的东西，对什么都不太满意："房间"啊，"计划"啊（太累赘），还有童年的开头在我看来太私人化，太像逸闻趣事了。

还是那个问题：是否有一个更好的方式去叙述历史、去展现集体记忆吗？

或是另一个问题：在这个文本之下我是否隐藏着另一个文本？

### 10 月 24 日

六个月没写东西。

我不知道我能不能够写关于 Ph. 的东西。也许吧。但不是以故事的形式。也不是重写《简单的激情》。一些关于"我们""他""我"的东西，不过是一些具体的细节。时间的问题，重活的问题。

和整个计划的关系？和全小说的关系？作为引子？更像是"多重生活"。

在第二种生活面前，"只活两次"，这种晕眩让人欣喜若狂。

和《简单的激情》中一样的顾虑：不透露姓名？一些可能会被人认出的细节？

反面范例，《谢里宝贝》[59]。

所有它所承载的。文化距离、我的"双重"青春、诺曼底。但没有解释。

发生巨大改变的，是在故事中写作，不知道接下来会发生什么。这和时间的关系与PS十分不同。

是某种让性、时间和写作交织在其中的东西。

性与时间恰恰相反，它是重复，是现在。因此，一方面是我的故事，另一方面是某些永恒的东西。通过前者来重寻后者（性）吗？

RT：我觉得我没有找到正确的道路。也许小说是不可能，因为精心组织的真实？

"故事"和那些否认故事的时刻之间的关系？性，但也许是别的什么？两者之间的张力。

**10 月 25 日**

不是很想写 Ph.。和 S. 不同，Ph. 更像一种触及我整个生命的真谛的方式，而不是聚焦于某一个瞬间。我害怕被束缚或者被牵绊。

抛开形式，前所未有地。

**11 月 17 日**

被 82 年以来围绕始终如一的"写作计划"写了 12 余年的笔记总和吓到了。

我并非一定要避免"她"。但是我在写作（最初的几稿）中摒弃了小说的手法。采用"民族志的写法"。主观—客观。普遍的途径——我们，泛指人称代词"on"等——还有个人叙事。我总是回到这一点。

而且，怎能不罗列那么多的集体记忆？

可以肯定的是：**我感受到一种把感性（叙事，个人照片）和集体记忆的罗列、和历史背景糅合在一起的创作方式**。通过另一种方式去建构《飘》，显然是另一种写作方式。

还有这个：让人们感受到岁月的流逝，变迁，不同的"是我吗……"的形象。

**12 月 6 日**

急迫，从各个角度看都是。

感觉得开始，或者继续，两篇文本，包括材料上的准备，为了让自己安心。

1. 大计划，还得看看。尤其是"她"的运用，而且总归是整个架构、出发点，再看看笔记。

2. 小计划——我还不是很清楚我的出发点，但我希望，我想，从一开始就确保尽可能多的自由（有 52, 58—爱情、艺术和时间—我的"动作"？疑惑）。羞耻。

我认为选择（但有的选吗?）大计划的篇幅短的版本，那个被排除的版本，有点遗憾，因为我有好多话想说。

目标：我的整个"延续"，这种经验、想法、画面的堆砌，这个"地方"，这个代表我的"记忆"。

还有整个历史，我身边的事情、变化，我就是这个"地方"。历史洪流中的一个女人，而这个女人就是我，正如卢梭所言。

素材：记忆—画面，轶事

言语

叙事

阅读，影片。

一种汇总，但遵循时间顺序，这很有必要。

首先，列举是最重要的吗?

**12 月 7 日**

重读 52，作为"小计划"。找到了很多实施计划的兴趣，尽管我还得寻找形式，如果它需要被创造（就像在 19 世纪，不可能有童年叙事）的话。不一定要找到一个确切的年份。那是另一种对于童年的抓取，从羞耻的角度去考虑。

重读"性、羞耻、写作"：太模糊了，比上面的还模糊，或许更有动力，更冒险。整个故事或许都源自 58（C. G. + 暴食）和 52，这两种羞耻。或者来自 Ph.（更不确定）。

"一代人"主题，篇幅短的版本？重读主体部分的开端，"她"（必须是"她"），我不是很肯定。

在推进大的创作计划的同时，写一个短篇幅的 RT 是不可能的。我会把两个文本结合起来，更不确定了。

## 12 月 8 日

两种可能：

1. 52 的羞耻（+58 的羞耻，不确定）

2. 58 的羞耻（反过来，52 可以成为其中的内容）

总而言之是"羞耻之年"。

羞耻的诗意是什么？我已经很自然而然地找到了激情的诗意，这里则更难。我觉得要朝 52 年的记录、朝家庭氛围的方向走，这一切都在"大计划"之中，但更是朝着羞耻、性和社会的方向走。从写作出发。因此，既是性和社会的，也是家庭的，是三者交融的。或许从 58 写起？不管怎样，开头从当下写起。

**12 月 13 日，星期二**

重读（多少遍了！）RT

— 从卧室写起，不咋样。得开始得更直接一点，我还不知道要怎么写

— 决定另起炉灶，立刻切入故事，加上声音或照片、动作

— 更民族志—集体记忆一些，那么得注意别动

不动就抒情，要科学严谨

**12 月 21 日，星期三**

我想，只有我能做到这件事，写下这关于一个女人、惯习、意识形态的故事；因为造成社会裂痕的原因，我本身就是自己的见证者。不管是社会还是历史，都塑造了我的存在。

# 1995 年

### 1 月 3 日，星期二

今早重读"一个女人的故事"的开头之后，仍有疑虑，总觉得还能用这素材做点别的。我感觉开头的表现力不够强，太小说化了。一直萦绕在我心头的，我的渴望：在回忆、现实的再现和记录之间存在细微的差距。

最近我在读书，想弄清楚我不想写（诸如奥利维埃·罗兰[60]的《苏丹港》之类）。

### 1 月 31 日，星期二

1. 如果我同时写两个文本，就应该确保它们是相互独立的，不要有任何重合的可能。简而言之，比如"羞耻"和"一个女人的故事"，或者是某种文化上的东西，"小岁月"。又或者像"58年的羞耻"和"52年的羞耻"。

2. 我要写一个非常自由开放的文本，和另一个更加"成体系"的文本。

3. 我想过要着手去写，把这些年来累积的笔记都搜集起来搬到干净的纸上去。

4. 重点如下：

   a. 通过划分时间段可以写出的简短叙事（要有意识地"舍弃"某些东西）；

   b. "52年"的故事，但还不清晰；

   c. "58年"的故事，更清晰，与"羞耻"有关；

   d. 更危险的有"年轻男人""过双重人生""写一本关于我人生的小说"，性，等等；

   e. 我的人生前史：文化、战争和艾滋病筛查的肇始。

短期计划：52、58、年轻男人

（共同点在于羞耻或越轨——这两者总是形影不离——以及写作）

我也知道，"羞耻"是只有我能谈论的东西。

### 2月6日，星期一

好笑的是，如果有一天要出版这本创作日记，99%的内容都在探索，事实上我最终会发现形式有多么令我抓狂。简言之，这就是他们所谓的文学。我对我的"人生前史"不满意，对我所属的社会阶层的行为举止不满意。为什么？因为这和我"感觉"对的东西不符？

### 8月28日

很快要把所有东西都重看一遍。我绕着"52""卢尔德之旅"等打转，感到自责而窘迫，没能关注当下的新闻（在萨拉热窝有34人死亡，和1994年2月的事件发生在同一个市场），没能把握住历史的全貌，也没能把握住我这个历史存在。（在前往鲁昂的路上，一种强烈的感觉告诉我，1960 年的那些大学生就是这些头发花白的人，这些成熟稳重让我已无法再辨认出来的男男女女。）

怎么才能让"52"变成其他东西的开头呢，或者变成一部更宏大的作品的材料呢？（这是今晚要思考的。）

## 11 月 2 日

羞耻是我日记里反复出现的主题。

昨夜，我不知道该怎么评价"年轻男人"，除非是作为回顾的开头。

## 11 月 3 日

"52"越来越让我觉得非写不可，单独写，不，还有写作，而其他的东西仍很模糊。整整 5 年的酝酿（从 90 年开始）还是没能得出哪怕一个框架，一条

**线索。**

这不是一个童年叙事，要**下定义**的话，应该说是民族志叙事。

"卢尔德之旅"越来越显现。

**个人的童年经历事实上是和其余一切脱节的。**当然要重构一切，围绕：

历史

那些我应该有的记忆。

问题在于对彼时的"我"的认识＝身体（照片），既是他者，多么遥远，却又是"我"。在写作中也一样：我要保持距离来写作，且比以往更甚。

**11 月 4 日**

有一个念头让我从"52"上分心，那就是**空自传**，它完完全全是外在的，说白了就是无人称，像《外部日记》一样。通过没有展示出来的照片。从照片出发，（少许）轶闻、举止、时代、歌曲、广播节目。可能时不时还有一些隐私。（但这可能成为额外的负担，比如每周拍一张照片，仍需要费很多工夫。）

可能还有明信片和像是祈祷书一类的物件。

"想象的"画面

这个计划显然与像俄罗斯套娃一样层层嵌套的"我的形象"有关，不可能描述周遭的世界。

## 11 月 6 日

重读开头"艾滋病筛查"。让我想继续写"一代人"、童年，等等（见上文）。但我还有时间吗？

我的问题仍然在"52"（羞耻等）和大计划之间摇摆不定，"52"的结构还不完善，日记，等等，而后者的主线已经比较清晰。

与 90 年相比，"52"计划已经发生了变化：它是封闭的，作为大计划的开端，讲述德拉蒙德家族的历史，但与社会和性羞耻毫无关系。

92 年，我把"52"构思为**记忆的清单**，用客观记录的方法来展现一整年。我觉得从时间上来说它是比较紧凑的。

从对费康的记忆开始，我就对自己说，我**看不清自己**，只能**看到外在**，我是一种凝视，一种**永恒的凝视**。对费康的记忆建构了我，也属于我。但在46—47年，其他一切所有人都已经看到了。

**11月7日**

昨夜，我又像往常一样失眠时，我在想，从时间上来说把52单独拿出来写是可行的。如果我现实一点，我认为这确实是可能的。

在85—86年的笔记中我重读了关于RT计划的随笔。**想象的考古学**中有个有趣的**想法**：我的故事蕴藏在书中。人们可以根据书籍来诠释生活，甚至像书里一样生活。又或者是一些真实素材：圣特雷萨[61]、我死去的姐姐、我母亲的童年。或是歌曲，如《一日情人》[62]（*Les amants d'un jour*）。

我们是由经历和历史塑造的。"没有什么比我们的经历更珍贵，但这些经历并不属于我们。"

**记忆考古学**：一切都沉淀在现实中，比如搬家。

关于 52，想象的考古学：德鲁蒙德事件、小说。

记忆比想象更能让我们了解自身：对还是错？

翻阅 RT 厚厚的文档时，我隐约感觉可以根据照片之类的写点民族志式的东西。同时，我强烈地感受到，我需要大量的时间、大量的篇幅来表述我想说的一切，所以说缩减篇幅的话将是一种遗憾。在此之前，最好是一个小角度，比如 52 那种。


**11 月 8 日，下午**

昨夜，我再次对自己说，由于时间不够，我只能写 52，别无选择。52 连通了写作与羞耻，是唯一一个最能激励我的短计划。但它的结构还有待考量，这显然很重要。

不要像之前几次那样"引入"52 的叙事，"我想我应该"之类的，不要在开头就"上演"叙事。

　　要让自己习惯这样的想法：开篇和重写对我而言都是习以为常的。

# 1996 年

### 3 月 7 日

重读这份创作日记（对我来说它是最可怕的），
52 是至关重要的，它越来越和羞耻联系在一起。自
去年 11 月以来，我一门心思扑在它上面，但我仍不
满意，就好像（在结构、叙事时间的组织方面）有什
么门道一直没有摸到。

### 3 月 9 日

感觉一切都在那儿，零零碎碎的，对 52 而言，
似乎需要一块磁铁把一切理顺，营造出一个经纬有序
的磁场。

感觉想继续写一个文本——此时此刻，也就是

52——取决于欲望与必须（或者说是可能性）之间的调整。

**5 月 3 日**

收到了 V. 德·高勒雅克 [63] 的手稿《羞耻之源》。显然，这是个惊人的巧合。这本书给人的印象是浮于表面的，或者说它给出了一些原因和解释，但却丝毫没有提及我心目中写作本身作为一种探寻所能揭示的东西。

今天，重新着手我大概从 3 月 20 日就丢在一边的手稿。主题确定了，羞耻，时间跨度（相比 52）缩减了一点。

谋篇布局，一切都得考虑。

我还没重读（因为害怕？）自己的手稿。

为了拖延，我重读了 95 年 11 月的创作日记（就是我决定写 52 的那个时候）。

要不把它融入叙事当中？或者写成一本真的

日记?

读者读到"卢尔德之旅越来越显现"时会暗自思忖这到底指什么——不经意剧透的效果。

隐约想写空自传,附照片,等等?

**5 月 23 日**

我发现 82 年那年,我在诸多写作计划间犹豫不决,其实现在也是,一直都是。我总是目标过大。此外,我还总是从一开始就执着于从前用过的、已经很熟悉的提纲,比如旅行。

**最好的作者,是羞于成为作家的人。尼采**

[《*羞耻*》于 1996 年 10 月完稿]

# 1997 年

**11 月 5 日，星期三**

**我们都将在这世上走一遭。圣茹斯特**[64]

只想说这个，此外别无其他：一个女人从 1940 年至 2000 年的经历

人称选择：**我**或**她**，又或者两者混用

篇幅，可长可短

写作介入？我的写作历程？（但这不是立志成为作家的故事，像普鲁斯特）

确定的东西：线性时间，无人称的重要性

**11 月 6 日，星期四**

结构要符合我对时间的感知，或更确切地说，应

唤起我对时间敏锐的观感：零散的画面，物？尚不清楚。

我在 97 年感知到的时光，是分离与扭曲，是我自身无穷无尽的割裂，像俄罗斯套娃，此刻消散，却没有变成过去。去言说或去再现？

歌曲就像刻骨铭心的痛苦记忆（对五黑宝[65]的分析），电影，如《不安分的年轻人们》[66]、《去年在马里昂巴》[67]；照片。

最简单的解决办法就是从一开始就通过画面展现永恒与消逝、对个体与集体的归属。然后是经历……简言之，展示写作手法？

我将把 1940 年至 2000 年这段特定的历史时间描绘下来。

　　→融入时事？

　　→标志性人物：阳光修女[68]、斯嘉丽·奥哈拉、达琳达[69]？

　　→短小的篇幅？我难以想象。

性，是永恒的动力，是抵抗时间（然而，它也会消失）。

写作时我总对第三人称"她"感到失望。**我/她**的切换也未能令我满意。那么结论呢?

同样一直讨厌"编排"。有那么一瞬间，我想用非常客观的"她"，就像在《一个女人》中一样。

我实际写出来的东西总不如预期的那么宏大。这也是我在当下的写作计划中所担心的问题。

**11 月 7 日**

重温 94 年 1 月到 95、96 年的创作日记。

我有两个写作计划，一直是"大计划"和一个小计划。同样还有 58 年的羞耻。

我对用卧室来开篇的构思并不满意，太过私密了。

我讨厌抒情的开篇。

一个有趣的想法："空"自传，从（不展示出来的）照片或者是歌曲出发——仅限于物的见证，但也有行为举止、语句？想象的部分：圣特雷萨—我姐姐—其他人。

这能让我满足吗？感觉还挺吸引人的。

问题在于：描绘周遭的世界是否足以完成对自我的描绘？主体的完全缺失是否可行？在52年中，卢尔德之旅是重头戏，或许。

那么在每个阶段，我对世界的思考是怎样的呢？

最奇怪的是，我可以以第一人称书写58年和63年的事，却对书写我整个的女性经历犹豫不决。我是否还受福楼拜等人的小说的影响呢？

→一代接一代，信仰永流传。

纯粹个人事例：已故的姐姐。

→用另一个视角构思，由一个外部调查者进行探索。（如同海因里希·伯尔的《女士及众生相》[70]中的莱尼，但那是部小说：我与之相距甚远……）

问题在于，我确实被此深深吸引，但却难以企及，就像智力结构[71]与内心深处的渴望背道而驰。

### 11 月 11 日

显然，对种种开头的探索与重读，对我而言其实是一种避免真的动手去写的方式。同时，我也确实需要这么做，好让自己完全沉浸于写作之中，进入那个如同另一世界的奇异领域，那里混沌初开，乾坤未定，我只能在与重力的抗争中前行，犹在梦中。并没有很多光亮（但这只是文风，并非写作）。

此外，值得注意的是，以现在去追寻过去（如《羞耻》中有时所表现的那样）并不适合我（在《一个女人》的初稿中，简直糟透了）。

还有返回卡尔迪内街的场景（卡尔迪内吧台、咖啡馆、学生们在玩 421[72]。我喝着茶，看着镜中的自己）。现在去寻找那家咖啡馆吗？我在寻找什么呢？

我意识到，在我的写作计划中，对记忆，关于记忆，有着一大堆的工作要做。既然却不愿意通过文档资料去"重构"过去。

→还基于感受与激动,因为就像《三下钟声》[73]或帕特里斯与马里奥演唱的《意大利山脉》[74],以及后来五黑宝的歌曲都满载着那一时期的情怀。

→还有这个:那些由他人建构的我们的记忆(《爱如一日》[75]背后的那些人),以及生活中我们在他人身上唤起的记忆,就好像我们会在某位女性身上看到母亲的影子。

在我看来,说自己仅仅是信仰和情感的传递者并不准确:我不仅仅是可被客体化的主体。


**11 月 12 日**

至少有一个"结构性"的想法,即和我同龄的个体,被记忆带回 19 世纪(或几乎),关于 1914 年的战争、关于女人和礼仪的记忆,见证历史,也经历时代变迁,又通过子孙后代展望 21 世纪。

奇怪的是,我实际上又回到了 62 年最初的写作计划，但视角完全不同了，人性的厚重，历史，社会学，等等。这是否意味着在客观和主观之间会产生问题？不一定，我在95年写的开头就调和了一切，就是岁月变迁。

[在威尼斯的那一幕] 注意到：感觉（回忆）无法重现历史（无论是她个人的还是周遭世界的），我们以局限的方式"在场"（当我回忆起布瓦吉博、莫斯科或者其他地方的房间时）

今天，我想到的一大堆文本：

1. 整个的"之前的生活"，对未经历之事的记忆
2. 不同的体验，从中可以感知一种与时间、我的经历和我自身的联系

问题："我"在哪里？地点、书籍，等等。

我的经历在哪里？在世界的运动中？在一个接一个闪过的画面中？

之前的想法或许仍有价值：我贯穿全文，她用于历史描述？

我用当下的认知来理解自己。如何在每个时代呈现我的认知?

一方面是埃托尔·斯科拉[76]执导的《舞厅》,另一方面是《追忆》,"一个被捕捉的意识"。(杜比[77])

### 11 月 25 日

重读了 79 年到 83 年的日记:分手日记。想过简短地讲述此事,但也不是真的很想写。

即使我清晰地思考过,我也永远无法立刻继续前一天做的事情(甚至可能完全相反)。我得"绕圈子",写点别的东西,进入一种特定的"状态",进入"工作"(用什么词去形容我随意的写写画画,自娱自乐的小花招)。

### 12 月 1 日

继续写已经开始写的东西,重重叠叠的生活,在鲁昂。也许会誊写一遍关于艾滋病的片段。

# 1998 年

### 1 月 27 日，星期二

中断了一周。重新思考。我的问题，在于时而我把自己置身于正在制定的写作计划之中，时而又置身于外，似乎一切都可以推倒重来，没完没了地修订。今天，我又想到了 64 年的堕胎的整个经历。一个新计划的开始？或者是日后再融入原计划的素材？

### 1 月 29 日，星期四

与上文有关：想要界定某个时期的愿望，以及由此出发，展开写作的体验。我有好几本书就是这样写成的，不过夹杂着就在此前经历的一些生活体验（尤其是《一个女人》《简单的激情》）。在《羞耻》中，没有生活体验，只有一个回忆，所以才有了结尾处大冈升平[78]的那句话。现在，我什么也没进入，我还在游荡。

### 2 月 25 日

我开始写，重新开始写尝试了多次的叙述（终于开动了，我在 75 年就决定要"写我的整个人生"，而我现在又痴长了二十岁！），但我总是卡住。感到我"不在正轨"，没有找到合适的笔调，恰当的方法，有种难以言说的、"不对劲"的感觉。我没有感受到自己在重写房间清单、一个班级学生名册的段落时油然而生的欣喜。

我的问题部分源于我处于**两难**境地的事实，即客观、历史性的叙事与自传性的叙事的矛盾，而我认为自传并不能反映时代。佩雷克通过部分虚构解决了这个问题，比如在《W》[79]中，他重构了纳粹的世界。不得不承认，这并非他书中最有趣的部分。

应当做的是：

　　1. 想一个更个人化的开头，看看效果

　　2. 坚持写下去，或者完全换个主题

强迫自己写普通自传让我感到**丢脸**。

采用普通自传的形式去写，**放弃**让我有种挫败的感觉。

我没有勇气去全部推翻我所写的关于在 L.[80] 的童年那部分。也许正是这个让我迷失了方向。


**3月3日**

身体状况非常糟，髋关节和腰部疼痛。思绪被痛苦笼罩。

为什么我在写完完全全的"自传"时一直如此困难，因为尽管我想方设法要写另一种形式的自传，但它仍旧要被称作"自传"；或者是因为，直到现在，我总感觉自己说到底是在模仿某种形式？

### 3月4日

那种在客观视角与主观视角之间摇摆不定的犹豫真要命，尽管在写《羞耻》的时候，这并未困扰我。

对于童年的画面与记忆，尤其是那些涉及疾病、性等**私人领域**的部分，我确实感到困扰。而且，迄今为止，我对自己所写的一切都从未真正满意过。

### 3月5日

关于记忆的开头、感受与童年叙事始终是割裂的。

写作是一种**沉浸**。我开始慢慢潜入其中，或者更确切地说，是被淹没在其中。

尽管我尝试做的事情似乎困难重重，但除此之外，我不会做别的。

我把一本书的出版与另一本书的创作比作一次搬家。家具、物品依然如故，但空间和参照点已然不同。适应新的布局，新的视野，等等。漫长的过程。

### 3 月 9 日

今天上午疲惫不堪，毫无进展。又想到63—64年，"真实的考验"，等等，但一切都过于模糊。也许可以把它融入整体叙述中。

### 3 月 13 日

我想到用歌曲和照片串联起整个叙事。但这一想法并未说服我，它看起来像个"小花招"，虽然瞬间令人愉悦，却缺乏深度。

### 3 月 30 日

在这个宏大的写作计划中，我仍然缺乏结构。太过随意，不知道如何组织片段，比如集体与个人的交织。进展迟缓。我总是反复问自己：如何以一种完全非个人化的方式呈现个体？这可能吗？

**4 月 4 日，星期六**

我快速整理并重读了所有积攒的笔记。这些材料几乎构成了一部纯粹的自传，很难与一种客观的叙述方式相调和（不过我并不一定要用到它们）。

但同时，我注意到，记忆是以时期而非年份为单位展开的。"编年体"式的书写是不可行的。记忆、个人时间与历史之间的关系还有待进一步厘清。

**4 月 6 日，星期一**

在我们生活的当下，自我与周遭世界（想法、事实等）之间没有意识。我与我的社会阶层的关系，仅仅体现在"不好""不恰当"的屈辱感上，别无其他。我通过把回忆和更宽阔的社会图景来展示或实现这一点。

"世纪女性"，这和夏多布里昂所做的相当，或不如说就像萨特一样，想要创造"一代人的历史"。我可以做到吗？如何对待挥之不去的事物，比如写作？

或纯个人私事（比如已经写了的 52）？但实际上，我意识到我并没有太多真正个人的东西。正如我自己深深感受到的那样，夏多布里昂和萨特都不能与一代人混同。

娜塔丽·萨洛特在《童年》中回忆起九岁孩子的记忆与八岁孩子的记忆。这让我震惊不已，我真的完全不相信。

更有趣的是：佩雷克长时间分别进行两个不同的故事，一个是"体育连载"，另一个是"童年记忆"，最后让它们共存。在我这里，几乎从一开始就有个体与集体的共存（不，不是共存，是关联？）。

娜塔丽·萨洛特没有走出童年，没有蔓延到青春期或成年。显然，我厌恶这种封闭。

**4月16日，星期四**

我继续"之前的生活"，"孩子"（或"我"）的第一个世界的惯习和行为，目前还没有太多问题。但迟早要整体盘一盘。"我继续，我们走着瞧"，对这种"顺畅"的想法感到莫名的恐惧。

### 4月21日，星期二

对"之前的生活"进行非个人化的重组。感觉这么写冷冰冰的，或许有别的可能性，但相反，"我"也让我不太喜欢。例如，对于"1945年的乡村"的描述，缺乏情感（这与任何人无关，不管是父亲或母亲），以及对1950年后读者的"认可"。我应该在写创作计划开始时谈论这个吗？展示这种距离和非个人化。

### 4月23日，星期四

也许我要在错误的路上一条道走到黑，直到我开始写别的东西，或改变我的创作计划的形式。今天梦见了一本关于63年堕胎的书，它已经写出来并出版了，却无处可寻。

**4 月 25 日，星期六**

我又重新读了《羞耻》的手稿，或者不如说是仔细查阅——大工程！我再一次问自己为什么要删掉这么多内容。是为了寻求某种统一吗？

**5 月 18 日**

没有继续写作。也没有重读手稿。关于**历史，**早就有一种负面的印象（话说得太重了？）。太像民族志了？关于童年，从一本书到另一本都有重复的感觉。

<u>物质性</u>：在我与 P. 的故事中，例如我几乎不记得那些**话语**、那些充满情欲的动作——除了那些最惊人、最反常的动作，但却记住了大量的地点、精准的物件，甚至是当时的天气，我与他发生或多或少激烈关**系时**所看到的一切。

与某人的关系强度→激动或内心的激动状态→视觉感受，歌曲（例如"依然爱你"）、事件等。

激动状态的消失→留下视觉画面，歌曲，所有外部的、自身之外的真实。

（或许这就是为什么，我们想再看一次、再听一次当时发生的事情，为了**重温**当时的激动。）

我们的记忆是物质性的。

收集外部真实的种种迹象来表达内心的真实?

但这也存在局限：不能抓住准确的思想、确切的感受，除了以非常简洁的形式来表达，例如"我想再见到他"。

（但我还是成功地让自己沉浸在过去的感受中。）

85 年 7 月 23 日，在西班牙，我想写一部伟大的小说，从 P.（还在犹豫，有所保留）或探望我父母开始。显然，这些开头对我来说已经过时了。


**11 月 2 日，星期一**

我没有重读我从 97 年至 98 年 5 月写的东西，甚至连这本创作日记也没有。但问题再次出现，创作长篇还是短篇? 1. 一个女人的故事（简短的或冗长的），其他东西（我还不太清楚，现在也就只有一个轮廓）。2. Ph. 的故事（阶级斗争和年龄差异），目前相当困难。3. 某个"年份"（63 年还是 58 年，作为《羞耻 II》）。4. 空自传→照片等，歌曲、教理课等，泛指人称代词"on"的使用？

重读了从 97 年（11 月）以来的日记。

2000 年结束教师工作，真不错！

或许试着写写"空自传"。

我曾经排斥过"以近乎科学调查"的想法写作，但写的未必是一部"小说"，它可以是"我"对"她"的调查，由一个外部观察者进行，一个正在攻读深入学习文凭的姑娘？

我觉得自己无论如何都无法投身去写一部传统意义上的自传，甚至是"童年时光"，这在我看来不是很好。

用威尼斯 90 的开头，我说明（或者说体悟）感觉并不能再现历史，这是一种无力感，人们总与从前一样受困其中（这是否太普鲁斯特了？就像在别处的房间？）

想到我的生活被"包含在"某些东西中，比如《苏》[81]和《微笑修女》，等等。

## 11 月 3 日

重读了 63 年的档案。立刻我就上瘾了，着迷了，但我不知道如何就此能写出 100 页，甚至 50 页，这会通往何方。这确实是一种体验，但它却背离了我的宏大计划。

或者，我该如何以间接的方式，将其与我想要书写一个女人的一生的愿望联系起来？

剩下仍想写的有：

→长篇"过往"还是短篇"过往"呢？

→空自传

→ 1963 年

我想要一种能表达一切的形式。

**11 月 9 日，星期一**

重读口袋本《羞耻》的校样。民族学的痕迹太重、太泛了，也就是说，不像《位置》和《一个女人》那样与一个人物相关联。得让人感受到"存在"，而我们只有在去卢尔德的旅途中或在开头才能真正感受到。我重读了关于"往昔时光"的段落、起源故事、关于死去的孩子的片段、45—50 年那段时期、匮乏、拆迁，所有这些在我看来都很不错。我需要从时间的角度给自己确定一个切入点，比如 1950 年，然后回顾过去（我对这些看得相当清楚）。剩下的就是"我"还是"她"的人称问题，又或者都采用，再加上个人注解（但那样的话不就成一本历史书了？）。关于战争的叙述。家庭聚餐（我认为全都采用无人称形式似乎很难，某些时候得有人，照片）。

关于直接开头的问题，我不这么认为。以记忆开篇。

不必非得很长。

今天早上我对 A63 不感兴趣。不过是再次让我的思绪回到卡尔迪内街罢了?

家庭聚餐的构成,当时吃的东西［左拉在《小酒店》中的写法让我有了这种想法］,1950 年、1956 年、1960 年、1970 年(在安纳西),之后就没有了——这种结构不一定是独立的,可以融入整个故事当中。

如何捕捉女性的生活?我刚刚写完 76 年在吕米伊的午餐,这是对典型的 70 年代聚会的回忆。这是一个人的生活还是一个时代的写照?

— 在我看来,纯粹用"她"是不可思议的,比如在这个场景中。同样场景里的"我"只能是非常低调的,作为聚餐的参与者还是只闻其声不见其人?不,我觉得不行。

— 完全客观的写法→这里就是描述场景而不涉及任何人。

— 客观的写法,就是概括:夏天,他们去阿尔代什[82]，没有任何舒适设施的房子，想方便要拿把铲子出去，采桑葚叶，等等。

——照片或影片

——日记？剪报？

（餐食，是最佳的素材，可以和"星期日"结合起来作为特别的事）

这个关于70年代的练笔并没有让我看出什么名堂，除了让我知道"我"确实是一个微妙的人称，需要尽可能客观，直到今天都很难调和。只选择"她"就必然会写成小说（除非最后说她就是我）。问题还是要根据开头的写法来确定。我会撑下去。

有待考虑→从家庭聚餐的开头或童年时光入手：讲述出身、战争

（但这一切的诱惑力不正是掩盖了接下来的困难吗？）

重读卡尔迪内，A63

**11 月 10 日，星期二**

直到 1975 年，我都在构思 A63，这是本世纪女性的事件。事关生物学甚至是所有未来的科学。就从这里开始。

→我们可以将这一经历作为焦点，回看此前的一整段时期，或是定位女性的历史，同样也是社会的（这相当困难，有可能又回到《空衣橱》）。

又一次，我对自己说我要制定两个写作计划，但我可能错了。

今天下午，A63

午后。

让我好奇的是，在心里不清楚的情况下，看着自己如何义无反顾地朝着我终将完成的作品走去。因此我想读一读，通过我从 77 年到现在写作的东西，这是我真正的欲望。[这个欲望仍未满足，2001 年 12 月]

因为加布里埃尔·拉西尔[83]，我必须在 1 月份谈谈她，还有波尔·康斯坦[84]的书，我明白，或者说我觉得我应该写一本真正的世纪女性之书。

### 11 月 11 日

已经过了一个多小时了，我还在琢磨这"一个女人的故事"，我选不出一个开头。再次用作一个个人化的开头，我觉得"房间"很不错。但紧接着问题就来了。大概是方法的陈述，要重新来过的追寻，一个与过去记忆衔接的节点。

A63 没有给我一点灵感，太累了吗？（我花了一天时间在写作上。）

问题是：

1. 什么会是最容易写的？

2. 什么会是最危险的？

### 11 月 12 日

A63，隐而不显，有可能

重返卡尔迪内街可能会是世纪女性一生的开始。

没有哪部自传会比我构思的更客观了，仅仅删除回忆（太多了）。完全空了，那会是什么呢？复数（女孩们，孩子们）或是泛指人称代词"on"。

在1945年（孩子的照片）接着是1958年的夏天（首先是会考，然后夏令营），我刚刚实验了这种写法，完全没有"我"或是"她"，我想这不可能："她们重新躺回床上，嘴在一个她们从未见过的性器官上。"他将不会"存在"。

真正去掉一开始的庄重。

我还要重新开始多少次呢？

今天，我感觉对"客观"有了更好的认识。

我应该就记忆写点什么。


**13日，星期五**

本世纪留下的"女人的痕迹"。

前天，昨天，外部的纷纭变化让我再次想到了

A63。对我来说，这无疑是"最冒险的"经历，而与此同时，我还没有下定决心去写这个故事。那是一个将从集体记忆中消失的事件。

### 25 日，星期三

我写了一些片段，并没有在某一段上停留太久（尽管有时候也会……），但我总感到不安。

1. 是不是因为开头没有定下来？所以没有找到合适的叙事声音？因此想继续写下去的冲动消失得很快。

2. 是不是因为这个"长篇故事"和我预感的不符？结构和我想表达的不符？"视角"的问题，主要是形式的问题。

3. 是不是我太过于完美主义？

4. 我是不是应该换主题？就像我曾经做过的那样。

**12 月 22 日**

阴沉的午后。在把对 L. 的回忆融入整体的文本布局时卡住了。几个可能的原因：

— 要么我太累了，整个早上，我一直在给一本杂志写一篇毫无兴趣的文章

— 要么和以前一样，重写关于 L. 已经写好但感觉不对的部分，因为我必须更简洁

— 要么第一人称"我"用在这里不合适

— 要么哪儿哪儿都不对……我一直没有进入状态害怕时间的流逝，时不我待的紧迫。

而且最近几天，因为过节，我根本无法写作。

我问自己是不是不如继续写房间、卡尔迪内街，等等。

大江健三郎[85]说："小说家是用很少的素材创作很多的故事。"俄国形式主义也持同样的观点。这么说的话，我写的不是小说，恰恰相反。他还说风格，就是让意义不要那么直接地被读者理解，让读者后

知后觉。（在读他的书时，我并没有这种感觉，但他的书毕竟是翻译过来的。那福楼拜呢？也完全不是这样！）

# 1999 年

### 1 月 4 日

重读（已两周没有写作）

—空自传或者客观自传，加上对照片的描写，
　　很久以前就已经出现在我的创作日记里了。

—58，一个 95—96 年间的老计划，与性羞耻、
　　社会羞耻和写作有关（但现在已经变样了）。

空自传真能让人感兴趣?

"58"让我头疼，不过也许是因为给《卢梭的错》
杂志写的那篇文章[86]我得再好好思考思考。

　　我要再回顾一下我从 11 月 15 日以来为空自传＋
房间＋重回卡尔迪内街所写的内容。

**6 日，星期三**

空自传。短版本。100 页。感觉没有大的困难（也许我弄错了）。集体和个体的交替。

58：注定非常非常短，最多 50 页，有或没有关于房间的描述（回想起 58 年的那些家伙）。回到塞市时，我感觉自己像个小丑。

有点跳入虚无的感觉。那种"回忆的体验，现实的考验"的风格，就像在《羞耻》里一样。

63：同上，但会有一个社会的维度（关于堕胎，女性历史）。

这些计划一个个都朝向性、记忆和写作。第一个计划更像一种建构。空自传对我来说显得更为稳妥，其余的都是可怕的深渊。哪怕只着手其中的一个写作计划依然让我感到害怕。

重读："身体"，和《羞耻》太类似了，令人生厌。

关于 L. 的回忆，等等，糟透了。

### 1 月 7 日，星期四

应该好好问问自己：

如果我要继续写 63？那 58 呢？再者，今天呢？

63：回到那一年，就是想要有事发生在我身上。

58：也给 C.G. 打个电话。（目前，就这些。）

回到那些地方，打电话。没别的了，写作的经验，"现实的考验"。

继续往下走，往低处走，像调查研究一样去写作。

### 8 日，星期五

很不幸，我无从选择。

实际上，关于空自传，我打算写一些类似于《物》但更具历史感的东西。

只有 L.？一个新想法：《最初的记忆》。

### 26 日，星期二

不，我不会写《最初的记忆》，太局限了。

完全非个人的自传，我写不出来。

创作计划再次陷入两难境地：重广度还是重**深度**。

### 27 日，星期三

说到底，除了确定写时光，到目前为止我写的都只是些开头。因此，我还没有找到自己的方法或真正的创作欲。

也许我做错了，不应该按照时间顺序来写？但这是历史⋯⋯

### 28 日，星期四

我认真考虑过只用歌曲和照片，也许还有一些固定表达，来写一本自传。但这太程式化了，尤其是，这和我已经写的东西并没有根本上的区别，二者我都会用到。

58 和 63 让我卡在那里的原因是，没有结构，未知，害怕不知道如何**继续**（尽管写《简单的激情》的时候也是如此），没有方法（与《羞耻》不同，《羞耻》是对空间的重构，等等）。

"历史"让我卡住写不下去的原因则不同，是感觉不是我想要的"那样"，不像我想的那么"好"。我不知道这是否因为开头、房间或其他，简言之，因为写作计划不够明确。

**2月4日，星期四**

重新制定计划毫无意义，因为我还没有找到确切的写作方法，目前只有一些照片、画面、歌曲（这可能太"书卷气"了）。

昨天，读一本爱沙尼亚的书时，我意识到我不再对**整体**描述感兴趣，我开始关注"我"的介入。

决定：从现在起到2月15日，每个早晨我都把精力用在 A63 这个文本上，以便知晓这是否可行——我是否有写它的欲望。

**24 日，星期三**

我一直在写 A63。

**历史**这个写作计划，我想最大的难题是我没有找到表达社会内在性的方式。至于历史层面的写作，进展很顺利。

**3 月 16 日，星期二**

A63 的创作计划我"拖"了很久，现在才重新提上日程。没那么确信非写不可。尤其是我模糊地预感到，唯一适用于自传和历史的写作手法是：无人称，几乎通篇都用，只有谈到照片和影片，或许还有剪报时才会打破这种叙事。有点像埃托尔·斯科拉的《舞厅》。除此之外，别无其他可能。

[《事件》于 1999 年 10 月完稿]

# 2000 年

### 7月13日

梳理个体记忆（我人生的不同"取景"、地点）以及集体的、历史的记忆。一切重来。我与世界，与历史。从最微妙的感受出发（假设这些感受是"纯粹的"，这或许并不容易，我想说的是没有受到文学或其他因素的影响）。同时在两个时间，经常如此（和里诺、Ph. 在一起，以及92年的某一天，当埃里克和西尔维交谈时），很纯粹的感受，但是孤立的。

在穿行于特鲁维尔与塞尔吉之间的汽车上，我一直想着这种"意识"，它在我的大脑中徘徊，穿越时空，与此同时勾起了我生命中各个时期的回忆。如何将它转换为一种写作"形式"呢？

**10 月 29 日，星期天**

［重读 97—99 年的创作日记］

阅读总结：如果那个夏天我没遇到那些事情，没有欲望，没有嫉妒，那么我现在的写作计划应该是：自传／房间，更确切地说，修订过的空自传。我可以在多大程度上将这种欲望与男人带来的启示融入这个或那个写作计划？或者说这将是一个文本？

明天，阅读已写好的开头。

晚上，重读"空自传"的段落：厌倦感挥之不去。"我"只能出现在描写当中吗？如何使其在场？照片、日记、笔记？

德里克·帕菲特[87]：整个人生都可以用无人称的方式来讲述。

**10 月 30 日，星期一**

笔调似乎不对。因为未完成过去时？用现在时？

因此，用现在时描述照片总是很恰当的。

"落在孩子身上的目光**看见**了什么?"

有没有可能引入写作,在某个时刻表明我正在写那一页?

问题在于:

* 表述方面→泛指人称代词"on"? 他们(孩子们)? 她?

* 视角方面→一直从孩子、青少年、年轻女人的视角去写,到结束?

我想以无人称的方式来写我的故事和历史,因为我感觉到我的"自我"、我的意识填满了整个空间(2000年在汽车上的体验),并且我知道"这一切"终将消逝。

→对时间,对自我,对历史的感知的不同体验。系列计划 + 或固定某一时期:1945,1950,等等。

记忆和历史—他人的记忆—最初的记忆(开头两章但衔接不好)。

关于举止—语言的段落很抒情,用了"唤

起""搜集"等字眼。抒情色彩太过浓重。删掉"必须列清单"以及列举的内容。

**10 月 31 日，星期二**

"欧尚超市里的女人"的开头很不错（并不抒情）。记忆、画面，我觉得有可能和其他开头部分衔接起来（但历史那个文本不行，尽管），或许可以放在 90 年威尼斯的内容之前。

种种画面→这个开头可追溯到 85 年！还行，但引入了另一种非常视觉化的写作。

接下来需要深入反思我要做些什么来挽回我的人生——一个女人的一生（我又回到了最初面临的那个问题上）。不要赋予它统一性。挽回我的"境遇"。

我始终不清楚在非个人的"民族志"方法与更具个人化的方法之间，哪种方法更适合用来讲述人生（也许在付诸实践之前我没办法知晓）。实际上，我未曾设想过一种个人化的方法，我也从未采用过，可参照《羞耻》《位置》。说到个人化的方法，我指的是萨洛特、Ch. 沃尔夫所采用的方法。

## 11 月 1 日

"挽救"我的故事——"我的故事在哪里？"我怎样才能抓住它？（它在什么里面？要用什么？我怎样才能把它写出来？）

既不是感觉，也不是图像构成故事（还是稍微有一点图像的成分，图像是一个人固定下来的外部世界——尽管其他人也可能看到这些相同的东西）。

显然，直到现在，考虑如何叙述生活的方式才是绊脚石。思考不足。

必须清楚地看到，我不知道怎么在"别人的记忆中"串联起最初的几年，即福柯所谓的"已然开始"。这是我需要解决的问题，否则就是在浪费时间。

"写作"的位置也还没有确定。

阅读"年轻男人"：

\* 几个方面：

　　— 最重要的，是"重温"

　　— 工人阶级，"性用品"

　　— 2000 年的嫉妒

\* 开始：

　　— 他的性器官的画面和"另一个女人"的画面

　　— 1994 年 1 月 7 日的日记，"我开车……去
　　　机场"

**绝对想要把这篇文章写出来。**现在最渴望的就是
这个。［好，已经完工，2001 年 12 月］

　　划分时间→早上预留一半时间给"历史"

＿＿＿＿其他东西

强迫自己只写 2 小时，而且要果断、快速，不要
拖延。

　　在我刚刚打印的笔记中，有一些关于歌曲、记
忆、时间（"历史"）的重要内容。

　　总是回想起埃托尔·斯科拉的《舞会》，就像我

想［在《位置》中］实现《大路》[88]的效果一样。

### 11 月 12 日，星期天

我在修订《占据》的片段。

没有放弃空自传或其他：我看到一个很长的"画面＋语句＋意识"的团块，填满了空间。之后呢？

### 11 月 13 日，星期一

"重构过往生活的维度"，这正是计划所在。

首先，我得上午**写作**（下午用来探索，不然我就状态不佳）。

不过，或许可以预留出一个上午，好好琢磨这本"史诗般的"书。

### 14 日，星期二

在我看来，"过往"这部"史诗般"作品的创作手法和风格已然体现在《位置》和《羞耻》当中了。

这本书在最初的构思中是宏大计划的精简版。不过，《位置》蕴含着更多的情感：是因为使用了"他"来叙述吗？在"空泛"的历史叙事中存在情感方面的问题。是否存在一种"历史情感"？就像在《我记得》中乔治·佩雷克所捕捉到的那种？

# 2001 年

### 1 月 15 日

我记录了很多东西，主要是为了让自己安心。因为正是在写作时，那些东西才会"重现"。

### 1 月 20 日

在我围绕"历史"所做的摸索中，我感觉"个人化"（关乎一代人、关乎记忆）的写法要优于"非个人化"写法。我还尚未找到让二者共存的办法。

### 1 月 23 日

我感觉自己似乎可以极大地改变写作方式——又或者这只是一种毫无前景的巴洛克式的诱惑。比如，把所有与"新城"相关的内容都融入书中，甚至把我刚重读的《位置》的感受也融入进去。

[《占据》于6月完稿]

**7月4日**

我终于看出《一个女人》与《位置》之间的差别。《位置》更具复调特点，通过第一世界的言语进行重构，同时也展现出了撕裂感。相较于《一个女人》，我更多地融入那个世界。沉浸其中，而且叙事——如同左拉那样——混合了各种声音（我的声音以及其他人的声音）。

那么，这种"普世的维度"指的就是语言，是这样吗？

**8月21日**

结构取决于我对人、对他人、对历史的看法，但又不仅限于此，还取决于我所不知晓的内心"秘密"。

**8 月 23 日**

历史在哪里？我的故事在哪里？（如果根本都不存在呢？）

**12 月 2 日，星期天**

I. 女性的存在：独身一人，过往种种已在她身后，魁北克男孩早已远去，等等。

II. 空自传。短篇幅？不一定。绝对不用"我"来叙事。或者很少用"我"叙事？或者用"他们""她们""孩子们"等来叙事。用照片、影片穿插变化？

沉浸于那个时代的语言、事物等之中。

隐迹纸本的感觉，如何处理？之后插入一段文字？更新已写的文字？和记忆有什么联系？在两个时间里共存。

如何打破空自传的非个人化特征？或许在一开始

用照片增添个人色彩？

记录我的种种困难。

困扰→我的故事在哪里？回答这个问题

→家庭聚餐→照片（非个人化的／个人化的）

→"家庭聚餐"的结构：45、46 年（在祖母家的
圣诞节），50 年？ 55 年（朋友？）63—64 年
家庭聚餐的照片。

### 12 月 3 日

显然，我无法写一个女人，因为她或多或少就是
我，就像在《位置》或《一个女人》中那样，我不能
在她的回忆中投入任何感情。只有"她"才能投入感
情，或者泛指人称代词"on"。

力求简洁，不刻意。

　　　→明确时间顺序

写两个不同的时序：

　　　→开始（回忆）

→历史

理查德·霍加特[89],《穷人的文化》(*La culture du pauvre*)：他提炼出他所在阶级的文化，用"他们"叙事，然后，探讨文化的演变。我想将此合而为一。

他使用现在时：我无法这么做，因为我置身于**演变**之中。

他一直处于观察者的位置：他的故事可以归结为他的出身和他阶级变节者的处境。

人称代词的使用至关重要：他们—泛指人称代词"on"—我们—孩子们。

**12 月 11 日**

还在第一部分。之后，我是不是开始写自传，不是传统的那种，而是"我"更突显？

**17 日，星期一**

昨天和今天，我又重读了"消逝的画面"，有种厌恶的感觉，因为这不是我想要的，这不是我的声音，还是且一直是"文学"的。所有其他的开头都比这个好。卡住了。

甚至说得更直接，"更简单"，我<u>不能把这个放在</u>开头，至少这个新的想法是确定的。

### 21 日，星期五

今天早上完全卡住了，感觉自己被迫去写不想写的东西。这让我想起了可怕的 77—82 年，然后是 85 年，等等，等等，甚至还有 75 年！然而，有这样一句话，能表达一种愿望："我想给人一种历史感"（小历史和大历史，时间）。我决定坚持到底（也就是说，直到在我看来真的山穷水尽）。我必须考虑如何开始写"空自传"，分两部分或者只是"个人"（但真的不是传统的那种，也不是莱里斯[90]式的），我在实验，很清楚继续写下去的渴望不是来自美学上的成就感，而是来自情感。不过我在写作时也会感觉到，如果文本本身也承载着情感，它可以独立于我的情感。

**30 日，星期天**

什么时候我该停下来看看，我开始写的东西是否如我所愿？

什么时候定稿，已经写了多少页？

传达岁月变迁的感觉，不断的改变。

不变的是什么？照片吗？

# 2002 年

## 1 月 3 日，星期四

在这个已经开始的计划中，我有了一个念头，尝试"回到"对时间的主观探索，但立刻就感到沮丧，受限。另一方面，罗列历史事件，等等，诸如伽利玛出版社的记事本或者历史节目之类，在我看来也不对。中间路线是什么？

我也想过把已发表的《幼年》(*Première enfance*)的开头拿来重写，去谈论记忆，写作，计划和可能的困境，然后，就像我所做的那样，更冷静地从"节日"开始写起？

无论如何，我想我会继续写下去。

### 1月9日

问题不在于知道（写得）好还是不好，而在于是否有继续写下去的欲望，这和确定或不确定不能混为一谈。

### 1月11日

我毫无进展，充满疑惑。

1. 是因为我在重拾已经写过的东西吗？

2. 是因为此刻我没有像想象中的那样"享受"写作吗？

   还是因为我感到这个写作计划太漫长了呢？

3. 是因为这里缺乏贯穿于我大部分作品中的深层主题，比如死亡、性等？

4. 是因为我的书《占据》即将出版让我感到"焦虑"吗？

5. 我想从一张可能是许久以前拍的姐姐和父亲的合影出发，这种渴望意味着什么？回到内心的压抑，当然。

### 1 月 20 日

我写得越多，就越感到有另一种形式，就像梦境一般，我无法抓住它。昨天我还在想，我写得太重表征，分析不够深入，但这不对，我在写作中兼顾了两者，实际上这正是我一直想要的。那么，"问题究竟出在哪里？"

是因为缺少了过去 / 现在的来回穿插？（例如，40—45 年的战争与当今的巴勒斯坦问题。）还是因为缺少"我"？

### 5 月 14 日

自 1983 年 10 月起，我就想写女人的一生，一部"全小说"。

解决结构的问题，我给出的形式只能是与我生活的某些方面相契合的形式。在我的书中，这将是绝无仅有且完全独特的东西。

在我看来，用小说来诉说人生显然是一种伪装。我越是思考自己的"故事"，它就越显得是由外在的"事物"（内容）和碎片（形式）构成的。小说让我们误以为人生可以用小说去言说。而这不过是幻觉。自我虚构的绝对虚假性〔S.杜布洛夫斯基的作品除外〕。

<u>感性</u>、<u>情感</u>与<u>历史</u>的问题，尚未解决。

社会内在性的问题，尚未解决。


**8 月 17 日**

又过了三个月。感觉自己"铁了心"，渴望做出决定。在我面前：

— 一堆资料、"历史"笔记、言语、回忆（待挑选）

— 一个为**空自传**写的内容挺丰富的开头（待重读）

— 其他散乱的开头

—一些理论笔记

直觉告诉我，形式是无法确定的，我必须排除万难，去感受、去"发现"。

如果一两年后我就要死了，我想写的不是"58"。[预感……2003 年 7 月]

我想我不能明确地去做任何与"主流世界观"相关的东西。这一看法从今往后就融入我的写作里。但我或许错了。

我绝对想要坚守的渴望，"给人一种历史感"和时间感。

**8 月 23 日，星期五**

接下来创作"58"的过程中，我扔掉了很多东西，因为我一直觉得，我之所以写这些东西，是因为我并不是真的想写，我只是想把它们统统扔掉。

我一直坚信，无论如何，我还是应该同时写两个文本（但另一个不会是 58）。

既然这么说了，还剩下什么呢？

一继续写我已经写的，可能是"短篇幅"的
"空自传"。

一"追寻一个女人的一生"，换一种方式（要知
道，说到"历史"，我总是踯躅不前）。第一
个计划：追溯到二十年前，就在《位置》之
前。 然 后 是1985年、1988年、1992—1993
年等。

一"另一个文本"："匿名文本"和／或"污渍"
我一直喜欢"所有的印象终将消逝"。

---

尝试另一种方法，即将个人和集体这"两者"结
合起来，在短时期内（40—45年）寻找图像、场景、
歌词。已经考虑过。但这方法可行吗？

下午。

我又翻阅了一些旧稿。

心想：我不会拼命工作，而是一边继续进行空自

传的写作，一边进行"匿名"文本的写作。

**26 日，星期一**

昨天我又重新开始整理"画面和语句"。

重读日记中之前的内容，我感到晦涩难懂，看不到任何欲望的痕迹［甚至到 2003 年 11 月的今天也依旧如此］。

我的问题主要是：不可能去写传统的自传，而"空自传"又因感觉、思想和情绪的复杂性令我十分沮丧。

**29 日，星期四**

今早写作没有卡壳，但我在思考，在"所有印象／语句终将消逝"的序曲之后，接下来该怎么选择：

—— 要么以不那么抒情的笔调重写"战争故事"？

—— 要么写"幼年时光"，直到"离开 L. 后，我开始回忆过去"。仔细琢磨"记忆的记忆之不可能性"(之后，无论如何，仍是一片空白)。

——也想过以一种完全非个人化的视角重写"幼
年时光"(房子、山谷的街区，之后和叙事
衔接)。

### 9月10日，星期二

我被自己在近二十年间做的笔记、记忆片段等的
总量震惊到了。我真的想要把这一切都说出来吗？我
又该如何处理这些材料？

有些主题和场景贯穿其中：节庆、阳光、歌曲、
时间、分手。

我不想将这些东西"组织"得清晰连贯。

其实，我更希望找到一个全新而自由的"框
架"。目前为止，我所做的事情——预计持续到圣诞
节——并不自由，几乎是乌力波[91]式的限制写作（没
有"我"）。

我曾设想以歌曲作为"玛德莱娜小蛋糕"，每首

歌都可以勾起个人记忆与历史的交织（但我还没有尝试）。

我还在写一点和 58 年相关的内容，但没有什么信心。

实际上，我依然停留在"记忆如何成为历史"这个问题上。

如果有什么东西是自由的、必要的，我感觉那应该与记忆相关。

我同样感觉到，需要去谈论现在。

# 2003 年

**7 月 12 日，星期六**

乳腺癌。从 1 月 20 日左右我就什么也没写了。我要重新开始写。今天早上，写"癌症之年"，但这也太容易了。

可能的构思：

——继续写空自传（重读后）

——"58"和 / 或匿名文本

——癌症（太局限，即使有关于和 M. 的爱情）

对一直习惯"缩减"的我而言，如何去扩充？

**7 月 13 日**

重读《世上的日子》（暂命名）

文本：画面和句子，没有什么要修改的。整个序曲都是精准且恰当的

或许可以保留那种将过往的照片与叙述（第 7 页）串联起来的思路

没有什么是太长的

这次重读无疑向我表明，一切顺利，我绝对应该继续写下去。

**9 月 24 日**

又产生了疑虑。我写得太慢了（而且我和 M. 的故事正转向轻蔑和痛苦）。

为什么 R. 米耶[92]的书，像《幽影中的生活》，我读不下去？因为书中那种过于张扬的男性气概，洋洋自得（50 岁的我还能睡 22 岁的姑娘），是的，但更重要的是，优雅的风格和对美的极致追求让我气馁，我体会不到真实的感觉。

不管怎样，写一点 58 年的经历？（奇怪的是，写

着写着我在书中就到了 58—59 年，参加会考的那个夏天。）

### 11 月 8 日，星期六

重读 58，它吸引我的，是自由，是记忆。要不要提及我的癌症经历呢？我不知道。

我才写到 58 年的秋天。我只想写一本书，不想自我逃避。

### 11 月 17 日，星期一

下午。我整个上午都在重新梳理我近二十年来做的笔记。沉浸其中。这也让我对自己迄今为止写下的东西越发怀疑。我得重读我已经写完的东西。

再一次有了这样的感觉，要以另一种更直接的方式写作。无人称叙事让我疲惫。毫无进展。

打乱顺序写？也就是说，不按时间顺序写？要写到什么时候？

写照片的时候把"她"换成"我"？从现在开始？

[《相片之用》于 2004 年 10 月完稿]

# 2005 年

**9 月 18 日，星期天**

到第 82 页了。现在重读有什么意义呢？对无人称一直存疑：我应该更好地把一般的无人称与用于个人的无人称区分开。

"自传"：这个标题太好用了。

进展慢得令人绝望。要避免公式化，因为我实在太容易这样了。现在，除了这个文本［《悠悠岁月》］，我不想再写其他东西。目前才写到 1970—1974 年，虽然离现在还很远，但越接近，写起来就越困难。

**9 月 29 日，星期四**

第 92 页。我在写 74—80 年的事，最快在 11 月底就能完成。有时感觉自己写得不错，有时又感觉有点重复。我不敢重读已写的全部内容（太长了……），害怕又心生动摇。

# 2007 年

**5 月 19 日，星期六**

或许错了，错在没有重读，错在没有重视内心的疑虑。写到结尾部分（第 189 页左右），我感觉自己就像一路开着一辆破车，如今正在停车（没法继续往前开了）。照片部分"我"的问题仍未解决。

[《悠悠岁月》于 2007 年 10 月完稿]

## 《一个女孩的记忆》创作日记

# 2008 年

**7 月 27 日，星期天**

如果我知道自己很快要撒手人寰，我认为，我最想写的会是 58 年。实际上，让我烦恼的是和往常一样，没有**另**一种选择。

结构不是一个章节安排的问题，也不是现在所说的"新观念"。我还不知道 58 结构的必要性。

把这个故事放在哪里？哪些电影里**有**它的影子？《手提箱女郎》[93]，那是当然。还有《苏》《不安分的年轻人们》《克莱尔·多兰》[94]《不幸时刻》[95]《行走的最佳方式》[96]……

我的书在别人眼里会是什么样?

2003 年 11 月我曾写过:创作 58 吸引我的,是自由,是记忆。

### 7 月 28 日,星期一

昨晚,贝彻[97]的《如果你看到我妈妈》让我动容。声音突然变大。因为萨克斯管,铜管乐器(最后审判的号角),一种伟大的光芒。这是 56—57 年间由弗兰克·特诺(Franck Ténot)和丹尼尔·菲利帕奇(Daniel Filipacchi)推出的"致爵士乐爱好者"的曲子。57 年,这支曲子对我而言意味着什么?未来,带着爱情、美好和人间烟火。而今天,它是过去,它是流逝的生命,时间,所有消逝的人和事。

问题:如何协调一直想要书写时间的宏愿和 58?

但 58 是什么呢?

为此,我重读了从 2003 年 8 月 16 日到 11 月 10

日扔掉（没有别的词比这个词更恰当）的 38 页。从中我看不出有什么可以挑出来留下。还不成形，用现在时写的。一天天找回旧日时光的想法可行吗？我不太相信。

周遭世界在文中几乎是缺失的。在夏令营之前发生的事情很重要，会考，书籍。

同样也有（拒绝）把疗养院当成城堡的倾向，《大莫纳》[98]《我年轻时的玛丽安娜》[99]、萨德的作品和当时发生的事情融在一起，就像新小说中的"盲点"。

一切都要推敲。

**8 月 10 日，星期天**

为什么我想写 58？要找寻什么东西？凸显某些女孩的东西？

58，这关乎现实、意义和想象。

# 2009 年

**3 月 8 日，星期天**

中断了 7 个月。髋关节手术。优柔寡断。58 的文本完全用无人称去写？不确定。尽量少用她。

《悠悠岁月》，主题是时间，别无其他。我不知道怎么去形容 58 年。至少从某种方式上说，是他者，是世界。就像《尘埃》［罗莎蒙德·莱曼[100]］。

我最不满意的文本形式是我没有创新的那种（《一个女人》《位置》《外面的生活》《外部日记》）。创新：为我所感受到的东西找寻文本形式。

**5 月 4 日，星期一**

把我［1982 年至 2007 年］的写作日志录入电脑

后，我只看出了一点：在"真正开始动笔"之前，我花了太多时间在自省。尝试去写，哪怕是失败的，也比干耗着强，除了尝试太长时间，就像1998年版本的《悠悠岁月》那样。

目前，关键节点还是在于58，实际上，围绕它"做点什么"有无限种可能性。

形式是首要的，但也不能凭空而论。不幸的是，只有等书完成之后，才能看清所有元素之间是否契合。因此在这一点上，我没法依靠感觉。

爱丽丝·门罗[101]的新书［《逃离》］里，究竟是什么如此触动我呢？

**5月5日，星期二**

说到底，我并没有放弃去寻找某种形式，那种在某些方面类似于《悠悠岁月》里那种"集体合唱"＋个人经历的形式。但我也知道，我必须得放弃，得找到属于58的独特之处。

我之所以喜欢爱丽丝·门罗，是她对女性那些瞬间、那些思绪的精准把握，但她短篇小说传统老套的形式令我生厌。

[写作中断，髋关节脱位]

## 8 月 18 日，星期二

如果我不写 58，那还能写些什么？

58 让我感到害怕的是什么？首先，害怕写自传，害怕第一人称"我"不适合。必须试试第三人称"她"。

害怕时间太局促：两年。缺乏广度。

要把这段经历写成故事是不可能的，这一点我很确定。

58 给我造成的困扰在于，它没有**意义**，且意义不断消散，就像一个无底洞？那关乎性。

对 58 而言，我想要的形式是：它能给出的，不是**意义**，而或许是性的感觉，在某一刻存在于世的感觉。同时，某个瞬间发生之时的贴切感、**真实感**，以及多年之后它在时间长河中的"不真实感"。证明就是，没有人记得。如今那种"真实感"**显然**已经消散，那么如何重新找到它呢？到目前为止，我都是尽可能以科学的方式，通过对素材进行历史的和社会学的分析来实现的。我是想继续用这种方法——像我一开始那样，借助"文献"、调查——还是觉得它有一定的局限性呢？

但当我在网上看到 H. 的名字和电话号码时，那种前所未有的震撼：**真实感**又扑面而来。到目前为止，我写作时大概都怀着这样的期望，希望这种真实感也能扑面而来呈现在读者面前。那么现在呢？写作是为了理解所发生之事，我觉得自己已经不再相信这一点了。在这里，也不是为了**挽回**。

不管怎么说，58，是一个关乎女性<u>性别</u>、女性屈辱的问题。

### 8 月 20 日，星期四

让我卡住的，是几乎无法下笔去讲述——而不是坦承——在塞市所遭受的公开羞辱。比如：在鲁昂的"不二价"商店买的太阳镜，我觉得它镶着彩色边，挺漂亮的。而莫妮克·C.嘲讽地问我："你是在一法郎店买的吗？"（其实应该是"一百法郎店"。）

那种结尾揭开谜底的写法是虚假的、老套的。揭秘并非关键所在。**那关键是什么呢？**是想象力，是在鲁昂的探寻，是我身体的变化。

现在，抒发内心情感的写作手法让我害怕。


### 21 日，星期五

想回到塞市。坠入过去与现在的间距里，沉浸在那个瞬间，那个悲剧的裂口。


### 23 日，星期天

今天我总结了重要的内容，但是以什么写作视角来看的呢?

—去塞市之前：渴望"追男生"、虚假的信念、完全不懂男孩的世界。

—在塞市：不再有母亲，不再有宗教。诱惑、"轻佻"的骄傲和幸福，成群结队的幸福，我的浪漫情怀。我欣赏和热爱夏令营构成的那个实际上看不起我、把我当"妓女"的世界。

—后来，我为我的骄傲感到羞耻。为我所做的事情，但更为我所想的感到羞耻。这种羞耻既是社会性的，又是女性主义的（我是羞耻的对象）。

—"她"：我，那个快乐、惊讶的女孩，被领队辅导员勾引，被他带走，完全想不到他们在半小时后就会发生关系。

几个开始的画面在我脑海中浮现。一个是关于男人的普遍画面：他们有能力把自己的身体和发泄的欲望强加给一个女孩（就像动物一样，他是这样的）。

"在夜里，有男人，等等。"

1989 年写的开头："那个夏天我没有道德，等等"，一无是处，的确。的确？我在思考自身时恰恰想到的就是道德一词。

［创作《另一个女儿》］

# 2011 年

**8 月 16 日，星期二**

重新开始写作的第一天（总是令人欣慰！）。两难：关于 58 我有一堆重要的记忆素材，多个方向可以展开，但我无法处理另一种欲望：自身之外的时间流逝（简言之）。

空间和生命融入一个地方，威尼斯或一栋房子，已成为我的执念。

究其实，这两个项目是根本对立的。一个是 58，它和一个迄今为止被我放大的事件有关，我把这一段两年的经历剪了出来（但我也可以不这样写）。另一个则是一本时间之书，在书中一切都被抚平了。

**8 月 20 日，星期六**

很显然，自从我重拾我的写作计划以来，我最想写的是 58。用一种开放的形式，必须的。

我不会通篇都用"我"来叙事，这不可能。会用"她"来指代曾经的我。

开头，我从 58 年春天对即将到来的夏天的想象开始。（还有我们这些女孩对未来的想象。）

或者，寻找那个女孩知道什么，她脑海里有什么。

我几乎忘了我 2005 年想给 58 年起的标题："梦"（因为 R. E. M. 乐队[102] 的那首歌，"Just a dream"[103]）。

# 2012 年

### 1 月 2 日

昨夜：为什么写 58 会让我觉得 1. 困难，2. 危险？回答这两个问题，我认为，可以让我继续把写作计划进行下去。

敞开的书和合上的书的概念挺有意思的。58 是合上的私密之书？是的，只不过我要把它变成敞开的公共之书，但我还不知道如何去做。

### 1 月 7 日

— 为什么我一直想要将这段经历写出来，从什么时候开始，那么现如今呢？

— 我在 2002 年写的"找回 18 岁的自我"[给

H. 打电话〕也适用于这个文本吗？如今的这

个文本**不止这些**，内涵更多，关乎生死。

——这段经历我并没有真正地说给任何人听。只

是隐晦地提到过。但是这对于我的写作显然

是不够的。

——因为我对此感到羞耻？（52 年的经历也是一样

的理由）是的。写作就是转化内心的羞耻感。

——因为这两年是我生命中决定性的、难忘的、

有教益的一段插曲（我一直认为写作也是如

此，而且远不止如此）。

——因为它关乎女孩们的故事，关乎时事新闻引

发的女性群体的看法（波兰斯基、DSK〔多

米尼克·斯特劳斯-卡恩〕，今天早上，听到

莫娜·奥祖夫[104]的话，我的怒火又被点燃了）

→非常愤怒。

——确定无疑的是，试图去理解要比拯救更重要。

——除了上述提到的问题之外，还需要确定的是：

这是否触及时代？见证者，销声匿迹的人，"以前的朋友"，寻找（这是一个新角度，62年我根本没有想到这点，76年同样完全没有，但是93、94年当我在Minitel[105]上查H.的号码时，我有了这个想法）——有点类似《飘》。

这个文本配得上乔伊斯在《尤利西斯》中的那句格言"到底是过去的我，还是现在的我，才是真正的我？"我也想过用"你"来叙事，但我觉得用"你"去称呼58年的那个女孩不合适，最终只是用她／我去叙事。

**1月8日**

如何通过写作将发生在塞市的克制与放纵表现出来？以及一个不再有月经、疯狂阅读并钻研哲学的女孩的世界观？

89年，我清晰地写下："我可以说，58年，是的，我有过这样的经历。但那不重要，重要的是达琳

达的歌，是香皂，是青草的味道，等等。还有我之
后是怎么过来的，在鲁昂的大街上等待，寻找，就像
《大莫纳》书中那样。"小说和哲学话语映照出我的内
心世界。

我的写作必须从"时间深渊的那一年"和"没有
她的照片"出发。


**1 月 20 日**

昨晚，我想把塞市宿舍空荡荡的景象、失踪的小
孩以及五黑宝乐队的唱片联系在一起。

重读"58 年的笔记"。当然我喜欢重读笔记，重
读那些我几乎已经全忘了的笔记，这超越了寻找形式
的渴望，尽管寻找形式是首要的。这让我徜徉于一堆
丰富繁杂的**物品**之中，就像以前我研究作家时所做的
那样，读了他的日记、笔记→简言之，仿佛那不是我
的笔记，而是别人的。

瑞典电影《一个快乐的夏天》[106]。事实上，是三

个夏天，58、59、60 年的夏天。

地点：塞市—鲁昂（高中学校，埃尔内蒙，师范学校）—英国。此外还有伊沃托，事发之前和之后。所有一切我都有照片。

当我们把以前的报纸——确切时刻的痕迹——留着，我们就能恰如其分地感知一个集体事件。

### 1 月 21 日

58 年之后，我发现一些男性对我的行为举止简直就是 H. 的翻版，布拉瓦海岸的德国人，63 年 1 月的医学生，甚至 61 年的 W. R.。相反其他人都尊重我的自由意志。直到现在我都没有意识到，我的性生活受到对失去童贞的恐惧以及其他事情的影响。最终，直到 43 岁时，我和一个男人一起做爱时才感到愉悦（且只有一次，唯一一次，和 Ph. E., 在 78 年还是 79 年？）

这对文本而言有哪些变化？

你／我。你将会是我试图想要抓住的那个少女。

看"回到塞市"的那几页。将关于波兰斯基的那几页誊下来。

### 1月25日，星期三

昨夜我看了芭芭拉·洛登的电影《旺达》，几乎想不起来什么情节，除了她离开了丈夫和孩子，在不同的男人之间游走。我忘记了结局，因为对现在的我而言，这个结局太可怕了。镜头对准旺达呆滞的脸，她在一家夜总会，在两个男人之间，身边是一群寻欢作乐的人。我们看到她，沉默不语，接过一个男人为她点着的烟，左看右看，心不在焉。在她对一个男人说"我一文不值"之前，她已经不在那里，已经不再可有可无了。镜头对准她缄默的脸，渐渐地，她的脸**虚化了**。

我不知道自己有多少次置身在玩乐的人群中，而我的心却不在那里。但旺达的那个形象显然不止于此，就像消融在生活和写作中的我自己。2008年在波尔多，我坐在桌前，所有声音都穿透了我，就像"一个女人的受难"魔术中刺穿她的剑，在人们递过来让我题词的书上，我一个字也写不出来。

我记得旺达戴的卷发夹子，但她的头发却总是乱蓬蓬的，仿佛发夹一点用处都没有，她不停地夹来夹去。做爱到底快不快乐这个问题不值一提，猜测是不。我们只看到男人的欲望，旺达屈从于它，除了最后的那个警察。

其他我已经忘记的画面（并没有全忘：我在心里说"啊！对"）：缝纫车间里的旺达。她并不算有天赋，她的动作太慢了。我知道，我也一样，当夏令营辅导员可谓一无是处，勉勉强强能接替医务秘书的工作，我被护士训斥过，因为我有一次做了只有她才有权做的事情，一个关于温度计的故事。

在抢劫案中令我震惊的是旺达对那个男人的信任，她想把事情做好的渴望。讨好男人，让男人快乐。我忘记了在什么场合，男人给了旺达一耳光。她摸着脸颊，抱怨说很疼。这个被打耳光的女人，也是后来的我，有一次在汽车上，我丈夫，当着孩子的面，扇了我一耳光。

在塞市之后，59年夏天，我在鲁昂、卡昂街头游荡，60年在伦敦街头游荡。

我完全想不起来旺达的脸，一点也想不起来，就像取而代之的那个人是我。

娜塔莉·莱热[107]在《芭芭拉·洛登生平补记》一书中寻找将她和旺达联系起来的东西，那远比我少。

我查了一下，我是1994年2月在电视上看了《旺达》并在日记上写下："完全不是知识分子的我自己的形象：自由与顺从。"

## 1月26日，星期四

我正在网上看着一张1959年乌尔加特体育培训

中心（CREPS）的黑白照片。照片上只有男孩，他们的名字没有在照片上标出。他们光着上身，排成三排，胸肌清晰可见，大多数胸脯都是鼓鼓的。因为排列的缘故，除了第一排，后面的男孩我们看不到他们的短裤，所以他们看起来像是赤身裸体的。

面对这扑面而来的裸露白皙的肌肤和雄起起气昂昂的阳刚之气，一阵淫荡的感觉悄悄浮上心头。他们面带微笑。立刻，我认出了第三排的 J. R.，我记忆中那个金发、高耸、面部轮廓分明的漂亮男孩。一个男孩把手搭在他的肩膀上。一道大阴影从他左边穿过。

这是 1958 年呈现塞市男生群体真实体型外貌的一张照片，就像同年圣女贞德高中的女生合影一样。怎么说呢，他们人畜无害，自信满满，他们"所有人"都是这副模样。随即，我的脑海里浮现出他们的笑声、插科打诨的情景，尤其是 J. R.，"我不感兴趣"，他边说边摸着自己的蛋蛋，模仿罗伯特·拉穆尔（Robert Lamoureux）和费尔南·雷诺

（Fernand Raynaud）<sup>108</sup>的滑稽桥段。男性话语的统治和"规范"。

鲁昂，埃尔内蒙街 7 号的女生宿舍现在是由圣约瑟夫—德—克吕尼（Saint-Joseph-de-Cluny）会众管理的一家私人养老院。这条街 9 号还是圣母学院（Cours Notre-Dame）。圣多米尼克街、维尔特街也没有变化。

需要把回忆和往昔画面收集起来：

——1 月的不眠之夜，在保罗酒吧和 R. 一起喝完维扬多克汁（viandox）后，我陪他到开往德维尔（Déville）的汽车站，他戴着毛线帽的头从车窗里探了探。

——塔尔莱（Tarlé）舞蹈课，有人借给我一双舞鞋。

——我在波瓦西纳街（Beauvoisine）的一家小店买了一套游泳衣，准备去上游泳课，然而我之后并没有去。有一条硬挺的丝带穿进我衬裙

的褶边，让它像气球一样鼓起来，当时流行
这样的款式。

——我非常想吃波瓦西纳广场糕点店橱窗里的蛋
白霜夹心蛋糕。

不进食（厌食症）是一种骄傲，暴食则是一种耻
辱，一种放荡。

那一年，我想学游泳、学开车、学跳舞、找份工
作。但所有的这些计划都黄了。

我曾那么想去鲁昂高中，可以不再受到我父母的
监视，可以待在城里，随意漫步。但事实上，只有我
的梦想与我相伴。因为被学校开除来到寄宿学校的玛
丽-克洛德，我曾以为这里的女孩都是"骗子"，以为
自己走进了一个娱乐至上的世界。但是我错了：我看
到的是一些要上"预科班"的正经女孩。

埃尔内蒙之家。在白天，只有高中和大学的女生
才有权进入宿舍，美发师学徒是没有这个权力的。宿
舍的门砰砰作响，隔板也跟着微微颤动。厕所在楼梯

平台上。半地下的食堂，长凳，被红酒药片染红的水罐，太甜的牛奶咖啡。

羞耻，在 1959 年及以后。准确地说：这是用"他者"的目光，用统治者的目光或用统治者视角来看自己。

1958 年夏天到 1959 年初，我未曾感到羞耻。我的欲望和梦想非常强烈，它们是合情合理的。我对男性的迷恋，我对调情的需求，我为此感到骄傲。这是一场征服，一场自恋的征服。唱轻佻的歌曲，成为欲望的焦点，享受自由都令我而感到骄傲。在鲁昂，我想和 H. 重逢，但我真这么想吗？我想方设法和一个害羞的男孩子调情（在伊沃托的电影院里，放的是一部德国电影，女人们在泥泞中搏斗），在 ERA* 舞会上。那种强烈的欲望，那种想和一个男生有肌肤之亲

* 伊沃托的地区农学院（École régionale d'Agriculture）的简称。——作者补注

的渴求。

我对埃尔内蒙女孩无声的谴责漠不关心。

我开始感到羞耻，这种感觉逐渐萌发，从哲学的角度上看，这个过程晦暗不明，我用康德的绝对命令来审视自己。难道仅此而已吗？

塞市的酒精。成群结队去格兰多尔热（Graindorge）酒吧喝酒。

一天晚上，"白葡萄酒带给她无比敏锐的思索，这是我吗？抑或只是，这是我，或什么也不是。只有意识和孤独。酒精带来的孤独意识。她缩成一团，而身体晃晃悠悠，不受控制。"

对安德烈·里波（André Ripeaux）的戏弄。我让他边跳舞边喝酒。我再看到他的时候，他的眼睛被蒙住了，双臂举起，有人在他背上画了一个"大大的鸡巴"。我想融入这个群体，哪怕是最糟糕的群体。

月经。

在那个时候，月经停了＝怀孕。我感受到了我母亲的焦虑，对她而言，这也是唯一的解释。在万圣节假期，医生在我父母的卧室给我做了检查。我躺在他们的床上，躺在我父亲的位置上，后来他就死在这张床上。我母亲。医生说一些战俘的妻子在战争期间没有来月经。

两年没来月经，成天担心被人发现。我在英格兰是怎么做的？波特纳太太（Portner）做何感想？

### 3月9日，星期五

2003年，我在58创作计划中写到，吸引我的，是"自由，记忆"。而如今，这些对我来说早已不复存在。

### 5月11日，星期五

不可否认的是，我对于"58"似乎比其他写作计划更上心。

不想像《事件》一样用第一人称"我"来叙述，或许用我／她或我／你来写会比较好。

结构：血液／精液

前言：照片和"再也不会有人记得那个夏天了"。

**5 月 13 日，星期天**

用"她"来写不合适，因为叙述的时态是现在时（"她"只适用于复合过去时）。

我感觉自己越写越意识到这本书的维度显然不是时间——尽管它很重要，也不是道德故事——而是我和其他人。

或许要写：曾经的我，粗俗不修边幅，吃东西不干不净，等等。

但是为什么我想要尝试另一个开头？

　　→波兰斯基（事件）

　　→阿尔及利亚

→没来月经，两年，我和世界格格不入的确
切时间

**5 月 16 日，星期三**

兜兜转转，叙事的问题一直困扰着我，我 / 她 /
你，关乎人称问题，我和其他人：在群体中，既想和
"她们"对立又渴望融入"她们"。我母亲希望我像别
人家的孩子一样，但这不是一回事儿。

《悠悠岁月》是融入事件，融入他人，是一个被
包含在内的人生。但是"58"却不一样，是不合群，
是"远离聚会"。如果说《悠悠岁月》是流淌的时光，
那"58"则是凝固的时间。

**6 月 1 日，星期五**

今天，萦绕在我脑海中挥之不去的是 58 年的性，
这无边无际的欲望在我当时的意识中是陌生的。

**10 月 25 日，星期四**

我瞬间就知道，是外部世界的什么"触动了"58年夏，电影、书籍、歌曲（贝纳巴尔[109]的歌《我是那些》）和社会新闻。这总是关乎男性统治和对这种统治的同意。也有一些离经叛道之作（《旺达》和《苏》）。我的故事蕴含在其他人的故事之中。然而，我必须将它说出来，为了让它得以<u>存在</u>，并以其独特性融入其他故事之中。

重读《如他们所说的，或什么都不是》。潜意识想要揭示的是文字与现实的割裂。我发现自己置身于一种小说的传统之中，没有新的探索，这是一个"声音"的文本。

**10 月 27 日，星期六**

我最终决定不将"那一幕"（与 H. 共度的夜晚）放在开头。波兰斯基，这个主意不错，但这会把我的文本简化为一场强奸的叙述。

考虑用一个关于羞耻的记忆开头。

或：在互联网上搜索名字

埃尔内蒙房间的照片

**11 月 17 日，星期六**

在下笔之前，"纵观"作品的全貌。《悠悠岁月》，既是一道风景，也是一部电影，就像埃托尔·斯科拉的《舞厅》一样。至于 58 年，我看到的是一些封闭的场所，夏令营，埃尔内蒙，高中，之后是枯燥、孤独的时光，英国。电影《苏》和《手提箱女郎》。

一直用"她"来叙事是绝对不可能的。描述 58 年的那个女孩用"她"，现在的这个女人用"我"。

# 2013 年

**4 月 23 日**

我正在思考的，不，正在回望的，都是为了尽力写下 58 年到 60 年的那段岁月。目的，就是要用几句话来概括那段岁月的本质。但是什么本质呢？换句话说，是我的本质。我必须用我的记忆和智慧将一些画面和记忆"混合"起来，保留一些，摒弃另一些，这都是为了写出一个或好几个句子，来呈现那段岁月的**色彩——它的价值、氛围**。在这段记忆里，**我看到了**高中、粉色或米色衬衫、伊塞尔大道、58 年 9 月的选举（全民公投）、60 年 1 月加缪去世那天，在鲁昂女子师范学院，等等。我没法一一列举，我希望这种混合能迸发出一些意义，即使这些意义是不确定的。

听到的句子更有利于我理解其中的含义，因为它们本身就有一个意义，和画面不一样。因此，一个女孩在课堂上说的这句"高中就是个工厂"让我大吃一惊，因为我从来没想过要把这个得天独厚的地方与我从父母那里听说的工厂相提并论。

昨天写的上述内容显然让我的书朝渲染那段岁月的氛围发展，但我的亲身经历才是最重要的。我必须让自己重新聚焦在这一点上。

### 6 月 3 日，星期一

开头的问题已经解决了，但**她 / 我叙事**的问题依然悬而未决。尤其是，我的思路卡住了，就像处在一个突然停止运转的传送带上，这个画面反复出现。原因出在用"她"叙事上吗？

### 12 月 11 日，星期三

**她 / 我叙事**显然无法说服我自己。

你／我叙事更接近我想表达的效果，也更有利于我对初到塞市的描写，写"你的母亲"比"她的母亲"更容易，写"你的骄傲"比"她的骄傲"也一样。

我觉得我必须在枯冷、封闭、有冲击力的版本和丰盈、包罗万象的版本之间做出选择。两种文风，一种是在文章开头，抒情，"他们忘了她"，而另一种枯冷，如在网上查资料。

**12 月 14 日，星期六**

这个文本我要从头再来过，暂时不在你／我这两个人称之间纠结。

**12 月 18 日，星期三**

我还是没办法看这个文本就像看一栋房子或一幅风景画一样。因为它各个方面都显得捉摸不定。

# 2014 年

**1 月 8 日，星期三**

枯冷的版本无法说服我。

**2 月 9 日，星期天**

我决定只用**我**这一人称，最适合说真话……她 /
**我**的分离让我卡得太厉害了。

**2 月 15 日，星期六**

我又改主意了，犹豫是否只用**我**这个人称。

**7 月 16 日，星期三**

我失眠了两个小时，因为我对我的书有太多疑虑和质疑，在黎明时才重新入睡。我做了这样一个梦：在这里，我的房子里，有一个高大、褐发、瘦削的男人，他可能是个摄影师，想给我拍照。我们在楼下的大客厅，在梦里，除了原先放电脑的那个角落，其他家具都杂乱无章地摆放着。他让我摆姿势。我把衣服全脱掉了。他让我坐在电脑桌边的矮凳上。我看着他：他全身赤裸地站立着，用纸巾包着他的性器官正在自慰。我对他说："完事了你告诉我"。我想离开。这时我醒了。

此刻，我回想起和 H. 一起的场景，对我已经选择的形式、语气等心里并不笃定。

**10 月 21 日，星期二**

重读。我感觉［和 H. 的］那一夜写得很好，从第 23 到 28 页，以至于我在想是否应该将它放在开头。重温 58 年被抛弃的孤苦无依有乐趣吗？

我觉得"她"和"我"这两种叙事还没有调

整好。

所有用"我"来讲述 1958 年的那个女孩的部分我不喜欢，因为它太长了，在家庭聚会之前的部分同样如此。我是现在就来调整还是先继续往下写？

**11 月 2 日，星期天**

第 27 页反面到第 28 页。我决定继续往下写。

# 2015 年

### 1 月 13 日，星期二

卡死了，我不知道是否是因为她／我两个人称的叙事，还是因为其他原因。难道我不应该根据我直到 10 月的写作时间来重新组织吗？重新审视我叙事的问题。强迫自己写下去？我喝了几瓶梅多克葡萄酒，这对大脑不好。或许我应该换一种方式，写一些片段，不去探寻它们之间的联系，也不按照时间顺序去写？

### 3 月 7 日，星期六

我写到第 49 页了，还没有全部重读一遍。我有一些不情不愿，仿佛重读会逼我重写，改掉一切。

［《一个女孩的记忆》于 2015 年 11 月完稿］

## 译者注

1. 中译本为《另一个女孩》。

2. 芭芭拉·洛登（Barbara Loden, 1932—1980）：美国女演员、导演、制片人、编剧。《旺达》是 1970 年上映的由她执导并主演的影片，该片获 34 届威尼斯电影节最佳外语片。

3. 多米尼克·斯特劳斯-卡恩（Dominique Strauss-Kahn, 1949—    ）：法国经济学家、律师、政治家，曾任法国财政部长，国际货币基金组织总裁。2022 年 5 月 14 日，纽约市警察局证实，卡恩被控涉嫌性侵一名酒店服务员。2015 年 6 月 12 日，因缺乏相关证据，卡恩在"淫媒案"中被判无罪。

4. 罗曼·波兰斯基（Roman Polanski, 1933—    ）：波兰犹太裔法国导演、编剧、制作人。1970 年代，罗曼·波兰斯基曾被判性侵一名十三岁的少女，后逃离美国。此后又有多起与他相关的性侵指控，比如 2010 年，英国女演员夏洛特·刘易斯（Charlotte Lewis）指控罗曼·波兰斯基于 1983 年对她实施性侵。

5. 法语泛指人称代词"on"，可以在不同的上下文中指代"我们""人们""有人""他／她""他们／她们""你／你们"等。

6. 朱利安·格拉克（Julien Gracq, 1910—2007）：法国作家，受德国浪漫主义和超现实主义影响，其作品掺杂怪异的内容和极富想象力的意象，代表作有《沙岸风云》《林中阳台》《首字花饰》等。

7. 安德烈·多泰尔（André Dhôtel, 1900—1991）：法国作家，著有《悲怆的村庄》《无处》《大卫》等，《人们永远无法抵达的地方》也是他的作品。

8. Y 城即伊沃托（Yvetot），埃尔诺成长的小城，也是她所说的"旧城""起源之城"。

9. 克洛德·迪内通（Claude Duneton, 1935—2012）：法国演员，主要作品有《百无禁忌》《我见到本·巴尔卡被杀》《蓝白红三部曲之蓝》等。

10. 布瓦吉博（Boisgibault）是法国卢瓦雷省阿尔东的一个地名。

11. VN 是新城（Ville Nouvelle）的简称，即埃尔诺主要生活的城市塞尔吉。

12. 中译本为《一个男人的位置》。

13. 卡特琳娜·里霍伊特（Catherine Rihoit, 1950—　）：法国作家，著有《加布里埃尔的肖像》《巴黎名媛舞会》《心之深渊》等。

14. 原文是《Toi qui disais, qui disais …》，是卡特琳娜·索瓦热（Catherine Sauvage）演唱的一首流行歌曲《当初你总说》。

15. 菲利普·罗斯（Philip Roth, 1933—2018）：美国作家，著有《再见，哥伦布》《美国牧歌》《人类的污点》等。

16. 多萝西娅·坦宁（Dorothea Tanning, 1910—2012）：美

国超现实主义画家、雕塑家、作家和诗人，代表作有《生日》《帕沃旅馆202房间》《深渊：一个周末》等。

17. 《左撇子女人》（*La femme gauchère*）是奥地利先锋剧作家、小说家彼得·汉德克（Peter Handke, 1942—　）的小说，女主人公玛丽安娜似乎毫无来由突然解除了和丈夫的婚姻，要过上一种独立自主的日子，好像神秘地幡然醒悟了一般。她独自承受寂寞、忧虑、考验和时间的折磨，不屈从于任何世俗理念。根据这一小说改编的同名电影曾获戛纳电影节最佳影片提名。

18. 克洛德·鲁瓦（Claude Roy, 1915—1997）：法国诗人、小说家、评论家、记者，旅行过很多地方，也翻译了不少中国诗歌，战争、抵抗运动、美国、中国、第三世界、苏联都在他的作品中占有重要的一席之地。1985年获首届龚古尔诗歌终身成就奖。《艺术桥的穿越》（*La traversée du Pont des Arts*）是他1979年发表的小说，讲述了一个关于爱情和艺术的寻寻觅觅的故事。

19. 博托·施特劳斯（Botho Strauss, 1944—　）：德国剧作家，著有《癔症患者》《熟悉的民空，复杂的感情》《反抗二手世界——论在场美学》《双双对对，行人》（*Couples, passants*）等。

20. 乔治·佩雷克（Georges Perec, 1936—1982）：法国先锋小说家，著有《W或童年的记忆》《消失》《生活使用说明》等。作品《物》（*Choses*, 1965）获勒诺多奖，用第三人称展开。

21. 达尼埃尔·萨勒纳弗（Danièle Sallenave, 1940—　）：法国作家，法兰西学院院士，著有《幽灵的生活》《战斗的海狸》等。

22.《度》（*Degrés*, 1960）是法国作家米歇尔·布托（Michel Butor, 1926—2016）的小说，故事发生在巴黎一所普通中学，三个不同的叙述者讲述了同一节课，在这节课中，老师给高二学生讲述了克里斯托弗·哥伦布的美洲之旅。

23.《飘》是美国作家玛格丽特·米切尔（Margaret Mitchell, 1900—1949）的长篇小说，书名也译作《乱世佳人》。

24. 多斯·帕索斯（Dos Passos, 1896—1970）：美国作家，代表作有《美国》《北纬四十二度》《赚大钱》等。

25. 切萨雷·帕韦塞（Cesare Pavese, 1908—1950）：意大利诗人、小说家、文学评论家和翻译家。《美丽的夏天》（*La bella estate*）于 1949 年出版，次年获意大利最高文学奖斯特雷加奖。小说以都灵年轻人的生活状态为主题，他们在夏日的午夜漫无目的地游荡，挥霍青春，渴望打破一切限制。

26. 彼得·赫尔德林（Peter Härtling, 1933—2017）：德国作家，代表作有《本爱安娜》《奶奶》等，他创作的小说《一个女人》（*Une femme*）讲述了一个独特且非同寻常的女性的生活。

27. 安德烈·马尔罗（André Malraux, 1901—1976）：法国小说家、评论家，著有《王家大道》《人的状况》《西方的诱惑》《反回忆录》等。

28. 埃克托·比安乔蒂（Hector Bianciotti, 1930—2012）：原籍阿根廷的法国作家，1996 年当选法兰西学院院士，1982 年开始用法语写作，《季节的契约》（*Le Traité des saisons*, 1977）获美奇国外小说奖，是一部基于记忆的自传体小说。

29. 贝尔纳-亨利·列维（Bernard-Henri Lévy, 1948—　）：法国哲学家，公共知识分子，在法国常被简称为 BHL，是 1976 年"新哲学家"运动中坚分子之一。

30. 丽莎·阿尔瑟（Lisa Alther, 1944—　）：美国作家，著有《原罪》《另一个女人》《天堂五分钟》《金妮》（*Ginny*）等。

31. 西格丽德·温塞特（Sigrid Undset, 1882—1949）：挪威小说家，1928 年诺贝尔文学奖获得者，代表作为描述中世纪斯堪的纳维亚生活的现代主义长篇小说《新娘·主人·十字架》三部曲。《珍妮》（*Jenny*）是作者自身的镜像，她曾在罗马待了 9 个月，这段经历成了她创作《珍妮》的宝贵素材。

32. 于盖特·加尼耶（Huguette Garnier, 1879—1963）：法国作家，其作品《当我们两人时》因改编的同名电影而广为人知。

33. 贝特霍尔德·奥尔巴赫（Berthold Auerbach, 1812—1882）：德国小说家，以写乡村生活故事而闻名，著有《赤脚女孩》（*La fille aux pieds nus*）、《雪绒花》等。

34. 安德烈·纪德（André Gide, 1869—1951）：法国作家，代表作有《背德者》《窄门》《田园交响曲》《伪币制造者》《人间食粮》《假如种子不死》。这段引文出自《人间食粮》。

35. 《名士风流》（1954）是法国作家西蒙娜·德·波伏瓦创作的长篇小说，主要讲述"二战"后法国知识分子对国家前途的彷徨、求索的急切心情，该作获 1954 年龚古尔文学奖。

36. 玛尔特·罗贝尔（Marthe Robert, 1914—1996）：法国

文学评论家，著有《卡夫卡导读》《像卡夫卡一样孤独》《新与旧》等作品。

37. 中译本为《一个女人的故事》。

38.《工作台》(*L'Établi*) 是法国社会学家罗贝尔·黎纳尔（Robert Linhart, 1944—  ）的作品，讲述了一个法国人或移民在巴黎大企业当工人的经历和感受。

39.《爱之债》(*Dette d'amour*) 是法国作家克洛德·若尼埃尔（Claude Jaunière, 1901—1981）的作品，讲述了一对母女从误解到理解的故事。

40.《葡萄牙修女的情书》(*Lettres de la religieuse portugaise*)，1669 年出版，作者匿名，全书由一位葡萄牙修女写给一位法国军官的五封情书组成。

41. 卡罗琳娜·冯·龚德罗德（Karoline von Günderrode, 1780—1806）：德国浪漫主义文学时期的女诗人，对爱情的追求和对自由的向往是其诗歌的主题，她为爱疯狂，最后自杀。

42. 瓦西里·格罗斯曼（Vassili Grossman, 1905—1964）：苏联作家，生于乌克兰，1961 年写完的长篇小说《生活与命运》对苏联的政治社会生活与个人命运有深刻的反思，直到 1988 年才得以在苏联国内出版，被认为是 20 世纪苏联文学的重要作品。

43.《疯狂的爱》(*L'amour fou*) 是法国超现实主义大师安德烈·布勒东的作品。

44.《情人》(*L'Amant*) 是法国作家玛格丽特·杜拉斯的代表作，1984 年获龚古尔奖。

45. 指的是普鲁斯特的《追忆似水年华》。

46.《活成一个童话》是意大利籍摇滚歌星法斯科·罗斯

（Vasco Rossi）演唱的歌曲。

47. 克里斯塔·沃尔夫（Christa Wolf, 1929—2011）：德国当代著名女作家，著有《分裂的天空》《卡桑德拉》《天使之城》等。

48. 德鲁蒙德事件（affaire Drummond），也称多米尼西事件，是 1952 年 8 月 5 日发生在法国东南部吕尔镇（Lurs）的一起悬案。来法国度假的英国生物化学专家德鲁蒙德爵士一家三口离奇遇害，德鲁蒙德夫妇身中数弹而亡，他们 10 岁的女儿被钝器猛击头部而亡。但自首的嫌疑人——75 岁的加斯顿·多米尼西作案动机不明，且行动迟缓，整起案件疑点重重，既没有目击证人，也没有物证（找到的卡宾枪上没有嫌疑人的指纹）。

49. 《简单的激情》（Passion simple）一书的简称。

50. 海因里希·伯尔（Heinrich Böll, 1917—1985）：德国作家，1972 年诺贝尔文学奖获得者。他主张作家应关注现实，干预生活。他的作品大多针砭时弊、暴露黑暗和批判现状。

51. 《曼哈顿中转站》（Manhattan Transfer）是美国小说家约翰·多斯·帕索斯（John Dos Passos, 1896—1970）的作品，由众多片段剪接拼贴而成，后现代碎片化的文本，小说没有传统意义上的故事情节和人物塑造，但大致能看出几位人物的人生轨迹。

52. 儒勒·罗曼（Jules Romains, 1885—1972）：法国作家，代表作有戏剧《科诺克或医学的胜利》、长篇小说《善良的人们》。

53. 参见安德烈·布勒东：《娜嘉》，董强译，中信出版社2023 年版，第 183 页。

54. 何塞·奥尔特加·伊·加塞特（José Ortega y Gasset, 1883—1955）：西班牙哲学家、文学评论家。

55. 塞尔吉·雷吉亚尼（Serge Reggiani, 1922—2004）：出生在意大利，幼年移居法国，是才华横溢、多才多艺的演员、歌手、诗人和画家。

56. 原文中"tiercé"指赛马的一种赌博形式，即竞猜前三名马匹的正确顺序，在法语中也常用来指代类似的赛马博彩。

57. 吉赛尔·哈利米（Gisèle Halimi, 1927—2020）：法国女律师、活动家和政治家，积极推动堕胎合法化。

58. 雅克·鲁博（Jacques Roubaud, 1932—2024）：法国数学家、诗人，乌力波成员，《环》（*La Boucle*）是他 1993 年发表的作品，最初的写作计划是描绘一生，1989 年出版的《伦敦大火》（*Le grand incendie de Londres*）的目的就是讲述这一计划。

59.《谢里宝贝》（*Chéri*）是法国作家科莱特（Colette, 1873—1954）的代表作。

60. 奥利维埃·罗兰（Olivier Rolin, 1947—　）：法国作家，作为 1968 年五月风暴的亲历者，他的作品常常都取材于那个年代，如《未来的现象》《苏丹港》和《纸老虎》。

61. 圣特雷萨（sainte Thérèse de Lisieux, 1873—1897）：法国修女，15 岁加入利雪女修会，她的属灵自传在她 24 岁去世后发表，引起轰动，1925 年被封为圣徒。

62.《一日情人》是埃迪特·琵雅芙（Edith Piaf, 1915—1963）演唱、1956 年发行的歌曲。

63. V. 德·高勒雅克（Vincent de Gaulejac）：法国临床社会

学家,《*羞耻之源*》(*Les sources de la honte*)是他 1996
年发表的作品。

64. 圣茹斯特(Saint-Just, 1767—1794):法国大革命时期的
理论家、演说家,雅各宾派专政时期的领导人之一。因
其美貌与冷酷,被称为"恐怖的大天使"或"革命的大
天使"。热月政变后,他和罗伯斯庇尔一起被送上了断
头台。

65. 五黑宝(Les Platters)是美国国宝级黑人合唱团体,其
风格以流行音乐为主,是 1950 年代最顶尖的美声团体
之一,也是当时最受欢迎的黑人团体。

66.《*不安分的年轻人们*》(*Les tricheurs*)是马塞尔·卡尔内
导演的电影,1958 年上映,在票房上大获成功,描述
了年轻人享乐主义式的反叛,拒绝前人循规蹈矩的价值
观,追求一种无忧无虑、不负责任、性解放的生活方
式,本片在法国许多地区曾被禁止上映。

67.《*去年在马里昂巴*》(*L'année dernière à Marienbad*)是
法国 1961 年由阿兰·雷乃执导的电影,该片改编自阿
兰-罗伯-格里耶的同名小说。

68. 微 笑 修 女(Sœur Sourire, 1933—1985): 原 名 雅 尼
娜·迪克,比利时修女,1963 年以一曲原创《多米尼
克》红遍欧洲,获当年格莱美最佳福音歌曲奖。

69. 达琳达(Dalida, 1933—1987):出生于埃及开罗的法国
天后级歌手,1956 年以一首《小女孩》(*Bambino*)走
红,成为风靡全球三十载的现象级歌手。

70.《*女士及众生相*》是伯尔 1971 年发表的长篇小说,描写
一个善良、正直的劳动妇女在社会上受到的种种迫害。
小说人物众多,时空变化急剧,显示了作家深厚的艺术

功力。

71. 美国心理学家吉尔福特（Guilford）于 1959 年提出了智力结构论，指出人类的智力乃是思考的表现，而思考的整个心理活动则包括了思考之内容（content）、运作（operation）以及思考之产物（product）三个心理向度。由此三个心理向度，构成一个立体结构，即为智力结构。

72. 一种骰子游戏。

73. 埃迪特·琵雅芙演唱的歌曲。

74. 帕特里斯（Patrice）与马里奥（Mario）1957 年发行的歌曲。

75. 夏尔·阿兹纳武尔（Charles Aznavour, 1924—2018）1963 年发行的歌曲。

76. 埃托尔·斯科拉（Ettore Scola, 1931—2016）：意大利导演、编剧，《舞厅》(*Le bal*) 是他执导的歌舞片，1983 年上映，该片讲述了整个 20 世纪的历史。

77. 乔治·杜比（Georges Duby, 1919—1996）：法兰西学院院士，法兰西学术院成员，20 世纪最多产和最有影响力的中世纪历史学家之一。

78. 大冈升平（1909—1988）：日本小说家，和三岛由纪夫、井上靖并称为日本现代文坛三杰。

79.《W 或童年回忆》是佩雷克的作品，获 1965 年勒诺多奖。这部作品包含了两个交替出现的文本，它们之间似乎没有任何共同点，又错综复杂地交缠在一起。

80. 指埃尔诺出生的小城利勒博纳（Lillebonne）。

81.《苏》(*Sue perdue dans Manhattan*) 是阿莫斯·科莱克（Amos Kollek）执导的"女性三部曲"的第一部，该片

荣获 1998 年柏林国际电影节费比西国际影评人奖和国际评审团奖。

82. 阿尔代什是法国罗讷—阿尔卑斯大区所辖的省份，是夏日山区度假地。

83. 加布里埃尔·拉西尔（Gabrielle Russier, 1937—1969）：法国人，文学老师。因与其年仅 16 岁的学生（Christian Rossi）有染，被指控诱拐和腐蚀未成年人并判处一年监禁，最后她在马赛的公寓中自杀身亡。

84. 波尔·康斯坦（Paule Constant, 1944—　）：法国作家，1998 年凭借《心心相诉》（Confidence pour confidence）获得龚古尔文学奖。

85. 大江健三郎（1935—2023）：日本作家，代表作有《个人的体验》《万延元年的足球》《洪水荡及我的灵魂》等，1994 年获诺贝尔文学奖。

86. 这篇文章是“《事件》是如何被女性读者和男性读者接受的”，2000 年 6 月刊登在《卢梭的错》（La faute à Rousseau）杂志第 24 期，后以“关于《事件》（2000）”为题收入 2022 年出版的《莱尔纳手册》（Cahier de l'Herne）。

87. 德里克·帕菲特（Derek Parfit, 1942—2017）：英国当代著名哲学家和伦理学家。

88. 《大路》（La strada）是费德里科·费里尼（Federico Fellini）在 1954 年执导的一部经典电影，于 1957 年获第 29 届奥斯卡最佳外语片奖。

89. 理查德·霍加特（Richard Hoggart, 1918—2014）：英国学者，伯明翰学派代表人物，他的研究重点是现代文化与流行文化。1964 年创办伯明翰大学当代文化研究中心，开当代英国文化研究之先。

90. 米歇尔·莱里斯（Michel Leiris, 1901—1990）：法国人类学家、艺术批评家和作家，代表作有《游戏规则》《人的时代》《非洲幽灵》等。

91. "乌力波"（Oulipo）是"潜在文学工场"（Ouvroir de littérature potentielle）的缩写。这个文学团体独具超现实的创造力和试验性，由雷蒙·格诺和弗朗索瓦·勒利奥奈创立于1960年。乌力波成员围绕"限制"（contrainte）这一基本概念共同探讨存在于作品中的再创造的潜在可能性，并通过尝试新的文本结构来激发创造力。

92. 里夏尔·米耶（Richard Millet, 1953—　　）：法国作家和编辑，《幽影中的生活》（*Ma vie parmi les ombres*）是一部第一人称的成长小说，回溯了叙事者年少时的童年记忆和"当作家"的志向的萌芽和确立。

93. 《手提箱女郎》（*La fille à la valise*）是法国和意大利1961年合拍的由瓦莱瑞奥·苏里尼（Valerio Zurlini）执导的剧情片。该片由克劳迪娅·卡汀娜、雅克·贝汉等主演，讲述了一位饱经风霜的歌女，被情人马切洛始乱终弃，但他16岁的弟弟佩兰却对她痴心一片，然而家庭阻力、社会偏见和她自身的心理压力让这段美好的恋情惨淡收场的故事。

94. 《克莱尔·多兰》（*Claire Dolan*）是美国和法国1998年合拍的由洛奇·科里根编剧和导演的剧情片。该片讲述了克莱尔·多兰为了给母亲治病，迫于无奈只能做应召女郎来挣钱还债的故事。

95. 《不幸时刻》（*En cas de malheur*）是1958年克洛德·奥

当-拉哈执导、碧姬·芭铎和让·迦本主演的法国剧情片。该片讲述了已婚法国律师安德烈成功地为伊薇特的抢劫案辩护。他爱上了她，但她对他并不忠诚。

96.《行走的最佳方式》(*La meilleure façon de marcher*) 是1976 年克洛德·米勒执导的法国剧情片。该片的故事发生在 1960 年法国乡村的一个度假营里。马克与菲利普是其中的两名领队。马克身手矫健，很有男子气魄，而菲利普则沉默寡言。一天晚上，菲利普在自己的房间里穿着打扮成女人的模样，被闯进门来的马克看到。从此，马克就不放过任何机会去羞辱菲利普，两人之间形成了一种混杂着虐待和崇拜的复杂暧昧关系。

97. 西德尼·贝彻（Sidney Bechet, 1897—1959）：美国高音萨克斯管和单簧管演奏家，美国爵士乐史上第一位录制唱片的独奏音乐家。《如果你看到我妈妈》(*Si tu vois ma mère*) 是他创作的一首著名爵士乐作品，以曲风深情优美闻名，表达了对母爱的赞美和怀念之情。

98.《大莫纳》(*Le Grand Meaulnes*) 是法国作家阿兰-傅尼埃的代表作，是成长小说的经典之作。

99.《我年轻时的玛丽安娜》(*Marianne de ma jeunesse*) 是法国 1955 年由朱利恩·杜维威尔执导的电影。

100. 罗莎蒙德·莱曼（Rosamond Lehmann, 1901—1990）：英国小说家，《尘埃》(*Poussière*) 是她带有自传性质的处女作，也是她最成功的作品，描绘了两次世界大战期间出生的那代人。

101. 爱丽丝·门罗（Alice Munro, 1931—2024）：加拿大女作家，代表作有《快乐影子之舞》《逃离》等，2013 年获诺贝尔文学奖。

102. R. E. M. 乐队又译为快转眼球乐队，成立于 1979 年，是公认的另类流行摇滚乐风格的最有影响力的乐队之一。

103. 英语：“恰似梦一场”。

104. 莫娜·奥祖夫（Mona Ozouf, 1931—　）：法国历史学家，法国大革命批判史学的开创者之一。

105. Minitel 是 1982 年由法国自主建立的国家网络，建成早于互联网，其运行期间一直靠法国政府资金支持，在 2012 年 6 月 30 日由于运行费用昂贵、技术落后等问题被互联网取代，退出历史舞台。

106. 《一个快乐的夏天》（*Elle n'a dansé qu'un seul été*，也译为《幸福的夏天》）是 1951 年瑞典导演阿恩·马特森执导的剧情片，讲述两个身份悬殊的年轻人的爱情故事。

107. 娜塔丽·莱热（Nathalie Léger, 1960—　）：法国作家，现代出版档案馆执行主任，她以追寻芭芭拉为主线，结合《旺达》的情节和亲身经历，用复调的笔法写下《芭芭拉·洛登生平补记》（*Supplément à la vie de Barbara Loden*）。

108. 两人均为法国 1950—1960 年代的喜剧明星。

109. 贝纳巴尔（Bénabar, 1969—　）：法国歌手。《我是那些》（*Je suis de celles*）的歌词和埃尔诺少女时期的亲身经历很相似。

**图书在版编目(CIP)数据**

黑色工作室 / (法)安妮·埃尔诺(Annie Ernaux)
著;黄荭译. -- 上海 : 上海人民出版社，2025.
ISBN 978-7-208-19387-1

Ⅰ. Ⅰ565.85

中国国家版本馆 CIP 数据核字第 2025KK6625 号

**责任编辑**　赵　伟
**封扉设计**　e2 works

**黑色工作室**

[法]安妮·埃尔诺 著

黄　荭 译

| | | |
|---|---|---|
| 出　　版 | 上海人民出版社 | |
| | (201101　上海市闵行区号景路 159 弄 C 座) | |
| 发　　行 | 上海人民出版社发行中心 | |
| 印　　刷 | 苏州工业园区美柯乐制版印务有限责任公司 | |
| 开　　本 | 787×1092　1/32 | |
| 印　　张 | 8.5 | |
| 插　　页 | 6 | |
| 字　　数 | 102,000 | |
| 版　　次 | 2025 年 4 月第 1 版 | |
| 印　　次 | 2025 年 4 月第 1 次印刷 | |

ISBN 978 - 7 - 208 - 19387 - 1/Ⅰ·2199

定　　价　58.00 元

## 2022 年诺贝尔文学奖"安妮·埃尔诺作品集"

《一个男人的位置》

《一个女人的故事》

《一个女孩的记忆》

《年轻男人》

《占据》

《羞耻》

《简单的激情》

《写作是一把刀》

《相片之用》

《外面的生活》

《如他们所说的，或什么都不是》

《我走不出我的黑夜》

《看那些灯光，亲爱的》

《空衣橱》